Wolfgang Constance

Französisch Anfänger-Sprachkurs

Mit der A-Methode in 10 Tagen zum Erfolg

Bibliografische Information der Deutschen Bibliothek: Die
Deutsche Bibliothek verzeichnet diese Publikation in der
Deutschen Nationalbibliografie; detaillierte bibliografische
Daten sind im Internet über http://dnb.ddb.de abrufbar.

© 2011 Wolfgang Constance
Herstellung und Verlag: Books on Demand GmbH
Norderstedt
ISBN 978-3-8423-5033-5
Titelbild: Cacré-Cœur in Paris
Foto: Wolfgang Constance

Inhalt

Erster Tag

Le contrôle douanier / Die Zollkontrolle

Lieu: L'aéroport Leonardo da Vinci à Rome.
Ort: Flughafen Leonardo da Vinci in Rom.
Personnes / Personen: un touriste / ein Tourist T, douanier /
Zöllner Z

Z Le passeport s'il vous plait. Den Pass bitte.
T Voilà. Bitte.
Z Le passeport est périmé. Der Pass ist abgelaufen.
T Voici la carte d'identité. Hier ist der Personalausweis.
  J'ai voyagé beaucoup de temps par toute *l'Allemagne*.
  Ich bin lange Zeit durch ganz *Deutschland* gereist. Il y a
  quelque chose de nouveau en Italie? Gibt es etwas Neu-
  es in Italien?
Z Je ne sais rien de nouveau. Ich weiß nichts Neues. Vous
  avez quelque chose à déclarer? Haben Sie etwas zu ver-
  zollen?
T Je n'ai rien à déclarer. Ich habe nichts zu verzollen.
Z Ouvrez cette valise! Öffnen Sie diesen Koffer! Mainte-
  nant je sais quelque chose de nouveau pour vous. Jetzt
  weiß ich etwas Neues für Sie. Vous devez payer le dou-
  ane pour ceci! Sie müssen für das hier Zoll bezahlen!
T Mais c'est un cadeau. Aber das ist ein Geschenk.
Z Pour qui ? Für wen ?
T Pour vous. Für Sie.
Z Oh, je *vous* remercie. Oh, ich danke *Ihnen.*
T De rien. Keine Ursache.

**Unterstrichene oder kursiv geschriebene Wörter haben
die gleiche Bedeutung.**

Die Aussprache des Französischen

Konsonanten (Mitlaute)

Erklärung	Beispiel	Laut-schrift	Über-setzung
c 1. wie k (k)	café	**kafee**	Kaffee
2. stimmloses s			
wie in Glas (**ss**):			
c vor e,i,y	merci	**märssi**	danke
ç	ça	**ssa**	das, dies
ch stimmloses sch			
wie in Schluss (**sch**)	chercher	**schärschee**	suchen
g 1. wie g (**g**)	gare	**gar**	Bahnhof
2. stimmhaftes sch			
wie in Garage (**sh**)	garage	**garash**	Garage
gn wie nj in Sonja (**nj**)	signe	**sinj**	Zeichen
h wird nicht gesprochen	hôtel	**ootel**	Hotel
ill wie j in Jahr (**j**)	travailler	**trawajee**	arbeiten
ille langes i + nachfol-			
gendes j (**iej**)	fille	**fiej**	Mädchen
j stimmhaftes sch (**sh**)	jour	**shur**	Tag
q wie k (**k**)	que	**kö**	dass
s 1. stimmloses s (**ss**)	sur	**ssür**	auf
2. zwischen Vokalen			
stimmhaftes s wie			
s in Rose (**s**)	rose	**roos**	Rose
v wie w (**w**)	vous	**wu**	ihr, Sie
z stimmhaftes s (**s**)	zéro	**seero**	null

6

Vokale (Selbstlaute)

Erklärung	Beispiel	Laut-schrift	Über-setzung
a,à kurzes a wie in was (**a**)marine	marin	Marine
â a wie in Vase (**aa**) âme	aam	Seele
e 1. offenes e wie		
e in Rest (**ä**):		
vor Endkonsonant sec	ss**ä**k	trocken
vor 2 Konsonanten adresse	adr**ä**ss	Adresse
è mère	m**ä**r	Mutter
ê même	m**ä**m	selbst
2. geschlossenes e		
wie e in Tee (**ee**):		
é thé	**tee**	Tee
-er, -et, -ez am Wort-		
ende parler	par**lee**	sprechen
3. geschlossenes ö		
wie ö in möchte (**ö**):		
vor Konsonant +		
Vokal repas	r**ö**pa	Mahlzeit
in einsilbigen		
Wörtern que	k**ö**	dass
i kurz wie ‚in' (**i**) ici	**i**ss**i**	hier
o 1. offenes o		
wie in Post (**o**) poste	p**o**st	Post
2. geschlossenes o		
wie o in Rose (**oo**):		
vor s rose	r**oo**s	Rose
als letzter Laut		
eines Wortes trop	tr**oo**	zuviel
ô hôtel	**oo**tel	Hotel
u wie ü in für (**ü**) minute	min**üt**	Minute
y wie i (**i**) y	**i**	dort, da

Doppellaute

Erklärung	Beispiel	Laut-schrift	Über-setzung
ai,ay, ey geschlossenes e	j'ai	shee	ich habe
ai,aî, ei vor Konsonant			
wie offenes e (ä)	mais	mä	aber
	peine	pän	Kummer
ail am Wortende wie			
ai in Mai (aj)	travail	trawaj	Arbeit
au, eau geschlossenes o	chaud	schoo	warm
(oo)	beau	boo	schön
eu,oe, 1. kurzes ö (ö)			
oeu wie in möchte	jeune	shön	jung
2. langes ö wie	peu	pöh	wenig
in böse (öh)	nœud	nöh	Knoten
oi, oy wie Oase (oa)	trois	troa	drei
ou, où wie u in Mut (u)	route	rut	Route
ui kurzes ü mit			
nachfolgendem i	nuit	nüi	Nacht

Nasallaute

nasales e: wie in Mannequin (*e* oder e mit ~)

-aim	faim	f*e*	Hunger
-ain	pain	p*e*	Brot
-eim, -ein	sein	s*e*	Brust
-ien	bien	bj*e*	gut
-im	impair	*e*pär	ungerad
-in	vin	v*e*	Wein
-um	parfum	parf*e*	Parfüm
-un	un	*e*	ein

8

nasales a: wie in Abonnem<u>ent</u> (*a* oder ã))

-am	lampe	l*a*p	Lampe
-an	tante	t*a*t	Tante
-em	embargo	*a*bargo	Embargo
-en	endémie	*a*demi	Endemie
-ent	lent	l*a*	langsam
-ment	moment	mom*a*	Moment

nasales o: wie in Fass<u>on</u> (*o* oder õ)

-om	pompe	p*o*p	Pumpe
-on	ton	t*o*n	Ton
-ion	nation	nasj*o*	Nation

Allgemeine Ausspracheregeln

Die Endkonsonanten werden meistens nicht ausgesprochen	sport	spor	Sport
Wenn das folgende Wort mit einem Vokal oder stummem h beginnt, wird der Endkonsonant gesprochen.	un auto	*e*noto	ein Auto
	les autos	lesoto	die Autos
	son hôtel	s*o*nootel	sein Hotel
	deux oranges	döhsor*a*sh	2 Orangen
	grand océan	gr*a*dose*a*	großer Ocean
	vous avez	wusawee	ihr habt
Das e am Wortende wird nicht gesprochen.	la rose	la roo**s**	die Rose
Das s der Mehrzahlform wird nicht ausgesprochen.	les roses	lee roo**s**	die Rosen

Betonung

Im Französischen werden alle Silben eines Wortes
gleichmäßig betont.
Im Regelfall wird das Ende einer Wortgruppe stärker
betont, z. Bsp.
Elle porte un chapeau **rouge**. Sie trägt einen roten Hut.

Akzente

Es gibt 3 Akzente:

1. l'accent aigu: nur auf dem e	été / Sommer
2. l'accent grave	
auf dem a	là / dort
auf dem e	mère / Mutter
auf dem u	où / wo
3. l'accent circonflexe	gâteau / Kuchen
auf allen Vokalen	tête / Kopf
	île / Insel
	dôme / Dom
	sûr / sicher

Abkürzungen

femininum d.h. weiblich	f / w
maskulinum d.h. männlich	m
Singular d.h. Einzahl	Sg / EZ
Plural d.h. Mehrzahl	Pl / MZ
Perfekt	Pf
Regel	R
Ableitung der Grammatikregel(n)	A
Erweitertes Sprachprogramm	E

**Lernen Sie bitte noch die unterstrichenen Wörter im
Vokabular von <u>Abend</u> bis <u>Bett</u>.**

Zweiter Tag

Der bestimmte Artikel

Bsp.   Der Junge und das Mädchen essen die Orange.
          Le garçon e **la** fille (1) mangent **l'**orange (2).
MZ   **Les** garçons et **les** filles mangent **les** oranges (3).
A 1   Im Französischen gibt es nur 2 bestimmte Artikel:
          einen männlichen: **le** und einen weiblichen: **la**.
   2   Vor Vokal und stummem h werden le und la zu **l'**.
   3   In der Mehrzahl werden le, la und l' zu **les**.
          Das s von les wird nicht ausgesprochen.
          Ausnahme: Vor Wörtern, die mit Vokal oder
          stummem h beginnen, wird dieses **s** ausgesprochen,
          z.Bsp. Le**s** oranges, le**s** hôtels

E   Verwendung des bestimmten Artikels

Vor geografischen Bezeichnungen: **l'**Europe, **la** France
Vor Familiennamen in der Mehrzahl: **les** Dubois
Vor Wochentagen bei wiederholten Handlungen:
Le dimanche je joue du piano. Sonntags spiele ich Klavier.

Zusammengezogene Artikel

Bsp.   Das Mädchen ist die Freundin des Jungen
          La fille est l'amie **du** garçon (1).
MZ   Les filles sont les amies **des** garçons (2).
A   1 Aus **de** + **le** wird **du**.
         2 Aus **de** + **les** wird **des**.
Bsp.   Das Mädchen gibt die Orange dem Jungen
          La fille donne l'orange **au** garçon (1).
MZ   Les filles donnent les oranges **aux** garçons (2).
A   1 Aus **à** + **le** wird **au**. 2 Aus **à** + **les** wird **aux**.

Der Teilungsartikel

Bsp. Wollen Sie Salat?
      Vous voulez **de la** salade (1).
      Nein, ich möchte keinen Salat.
      Non, je ne veux pas de salade (2).
      Ich möchte ein Kilo Tomaten.
      Je veux un kilo **de** tomates (3).

A 1 Eine **unbestimmte Menge** wird mit de + **Artikel**
      ausgedrückt (sogenannter **Teilungsartikel**).
  2 Bei der Verneinung entfällt der Teilungsartikel.
  3 Eine **bestimmte Menge** wird mit **de ohne Artikel**
      ausgedrückt.

Der unbestimmte Artikel

Bsp. Ein Junge und ein Mädchen essen eine Orange.
      Un garçon et une fille mangent **une** orange (1).

MZ **Des** garçons et **des** filles mangent **des** oranges (2).

A 1 Im Französischen gibt es 2 unbestimmte Artikel:
      einen männlichen: **un** und einen weiblichen: **une**
  2 Anders als im Deutschen gibt es im Französischen
      eine Mehrzahlform der unbestimmten Artikel:
      des

Die Verneinung

Bsp. Ich gehe nicht nach Paris. Je **ne** vais **pas** à Paris.

A   Die Verneinung besteht aus 2 Teilen, welche das
      Verb umschließen.
      Weitere Verneinungsformen:
      ne ... jamais: niemals, **ne ... plus**: nicht mehr,
      ne ... personne: niemand, **ne ... rien**: nichts
      Je **n'**ai vu **rien**. Ich habe nichts gesehen (1).
      1 Vor Vokal und stummem h wird ne zu **n'**.

Konjugation der Hilfsverben avoir und être

Präsens	j'ai (1)	je suis (2)
Gegenwart	tu as	tu es
1 ich habe	il / elle a	il / elle est
2 ich bin	nous avons	nous sommes
	vous avez	vous êtes
	ils / elles ont	ils / elles sont

Imperfekt	j'avais (1)	j'étais (2)
Vergangen-	tu avais	tu étais
heit	il / elle avait	il / elle était
1 ich hatte	nous avions	nous étions
2 Ich war	vous aviez	vous étiez
	ils / elles avaient	ils / elles étaient

E Futur — Das Futur hat dieselben Endungen wie das
Zukunft — Präsens von avoir.

1 ich werde	j'aurai (1)	je serai (2)
haben	tu auras	tu seras
2 ich werde	il / elle aura	il / elle sera
sein	nous aurons	nous serons
	vous aurez	vous serez
	ils / elles auront	ils / elles seront

EKonditional — Bildung : Verbstamm des Futur +
Bedingungs- — Imperfektendungen

form	j'aurais (1)	je serais (2)
1 ich würde	tu aurais	tu serais
haben	il / elle aurait	il / elle serait
2 ich würde	nous aurions	nous serions
sein	vous auriez	vous seriez
	ils / elles auraient	ils / elles seraient

Die Grundzahlen

0 zéro
1 un
2 deux
3 trois
4 quatre
5 cinq
6 six
7 sept
8 huit
9 neuf
10 dix
11 onze
12 douze
13 treize
14 quatorze
15 quinze
16 seize
17 dix-sept
18 dix-huit
19 dix-neuf
20 vingt
21 vingt-et-un (e)
22 vingt deux
30 trente
40 quarante
50 cinquante
60 soixante
70 soixante-dix
71 soixante et onze
72 soixante douze
80 quatre-vingts
81 quatre-vingt-un
90 quatre-vingt-dix

91 quatre-vingt-onze
100 cent
101 cent un
200 deux cents
201 deux cent un
202 deux cent deux
1000 mille
1000000 un million

Bei 21,31,41,51,61 und 71 wird et verwendet, bei 81 und 91 nicht, z. Bsp. quatre-vingt-un.
Bei quatre-vingt und nach vollen Hunderten (deux-cents) entfällt das s, wenn eine weitere Zahl folgt, z.Bsp. deux-cent-un.
Mille ist unveränderlich.

Die Ordnungszahlen und Bruchzahlen

Bildung der Ordnungszahlen: Grundzahl + ième.
Ausnahme: premier, première
Der, die , das

erste	premier, première
zweite	deuxième
dritte	troisième 1/3: un tiers
vierte	quatrième 1/4: un quart
fünfte	cinquième 1/5: un cinquième
sechste	sixième
siebte	septième
achte	huitième
neunte	neufième
zehnte	dixième 1/10: un dixième

Die Uhrzeit

Quelle heure est-il? Wieviel Uhr ist es?

	Il est
1.00	une heure
1.15	une heure quinze
1.30	une heure trente
1.45	une heure quarante cinq
2.00	deux heures

Lernen Sie bitte noch die unterstrichenen Wörter von bezahlen bis Eintrittskarte.

Où est la gare? Wo ist der Bahnhof?

Lieu / Ort: Paris
Personnes: un touriste / ein Tourist T, une passante / eine
             Passantin P

T Pardon, madame, où est la gare de l'est ? Entschuldi-
    gung, meine Dame, wo ist der Ostbahnhof?
P Au centre de la ville. Im Stadtzentrum.
T Je peux *y* aller à pieds? Kann ich zu Fuß *dorthin* ge-
    hen?
P Ce n'est pas possible, parce que c'est trop loin. Das ist
    nicht möglich, weil es zu weit ist. La gare est à une
    distance de 10 km d'ici. Der Bahnhof ist 10 km von
    hier entfernt.
T Vous pouvez m'expliquer, comment je peux y aller?
    Können Sie mir erklären, wie ich dorthin fahren kann?
P Vous préférez l'autobus, le tramway ou le métro?
    Bevorzugen Sie den Bus, die Straßenbahn oder die U-
    bahn? Tous les trois vont à la gare. Alle drei fahren zum
    Bahnhof.
T Ça m'est égal. Das ist mir égal. Où est l'arrêt d'autobus
    et du tramway et la station de métro? Wo ist die Halte-
    stelle von Bus und Straßenbahn und die U- bahnsta-
    tion?
P Là - bas vous voyez l'arrêt d'autobus. Dort sehen Sie
    die Bushaltestelle.
T Dans quelle direction va l'autobus? In welche Richtung
    fährt der Bus?
P De droite à gauche. Von rechts nach links.
T Il y a combien d' arrêts jusqu'à la gare? Wie viele
    Haltestellen sind es bis zum Bahnhof?
P Je suis désolée, je ne le sais pas. Es tut mir leid, ich
    weiß es nicht.
T Ça ne fait rien, merci. Das macht nichts, danke.

Dritter Tag

Hauptwörter (Substantive)

Im Französischen gibt es nur männliche und weibliche
Hauptwörter, z. Bsp.

    français / Franzose   française / Französin
R männliches Hauptwort   + e > weibliches Hauptwort

Männliche Hauptwörter:

Bsp. 1 Während der Reise liest er in der Zeitung einen
        Artikel über die Arbeit des Fremdenverkehrsamts.
        Pendant le voyage il lit dans le journal un article
        sur le travail du bureau de tourisme.
Bsp. 2 Ich liebe das Weiß der Apfelbäume des Nordens.
        J'aime le blanc des pommiers du nord.
A   Meistens männlich sind:
     1 Wörter mit den Endungen -age, -al, -ail und -isme.
     2 Farben, Bäume und Himmelsrichtungen.
R   Wochentage, Monate und Jahreszeiten sind
       ebenfalls männlich.

Weibliche Hauptwörter:

Bsp. 1 Die Schulpause mit einem Baguette und einem
        Spaziergang ist wichtig für die Gesundheit.
        La récréation avec une baguette et une promenade
        est importante pour la santé.
Bsp. 2 Ein Schiff, das Renaults und Bananen transportiert,
        fährt auf der Seine durch Frankreich.
        Un navire qui transporte des Renaults et des
        bananes va sur la Seine par la France.
A   Meistens weiblich sind:
     1 Wörter mit den Endungen -ion, -ette, -ade und -té.
     2 Automarken sowie Früchte- Fluss- und Länder-
       namen mit der Endung -e.

Die Mehrzahl

Bsp. Le garçon et la fille mangent l'orange.
MZ   Les garçons et les filles mangent les oranges.
A   Die Mehrzahl wird gebildet, indem an die Einzahl
      ein s angefügt wird. Dieses s wird nicht ausgespro-
      chen.

E Gleiche Endung in der Einzahl und Mehrzahl

Bei Wörtern auf s, x oder z ist die Endung in der Einzahl
und Mehrzahl gleich, z. Bsp.
Der Arm le bras MZ les bras
Die Stimme la voix MZ les voix
Die Nase le nez MZ les nez

Unregelmäßige Mehrzahl

Bsp. 1 Er liest in der Zeitung einen Artikel über die Arbeit.
       Il lit dans le journal un article sur le travail.
MZ   Ils lisent dans les journaux un article sur les
       travaux
A   Hauptwörter auf -al und -ail bilden die Mehrzahl
       meistens auf -aux.
Bsp. 2 Das Mädchen liebt den Kuchen und das Spiel.
       La fille aime le gâteau et le jeu.
MZ   Les filles aiment les gâteaux et les jeux.
A   Hauptwörter auf -au und -eu bilden die Mehrzahl
       durch Anfügen eines -x.
Bsp. 3 Unterschiedliche Form in EZ und MZ
       madame / Frau MZ mesdames
       monsieur / Herr MZ messieurs

Wochentage

Was ist heute für ein Tag?
Quel jour sommes-nous aujourd'hui?

Montag	lundi
Dienstag	mardi
Mittwoch	mercredi
Donnerstag	jeudi
Freitag	vendredi
Samstag	samedi
Sonntag	dimanche

Monate

Januar	janvier
Februar	février
März	mars
April	avril
Mai	mai
Juni	juin
Juli	juillet
August	août
September	septembre
Oktober	octobre
November	novembre
Dezember	décembre

Jahreszeiten

Frühling	printemps
Sommer	été
Herbst	automne
Winter	hiver

Datumsangabe

Bsp. Den wievielten haben wir ? Le combien sommes-nous?

Heute ist der 1. Januar. Nous sommes **le premier** janvier.

Am 2. Februar fahre ich nach Paris. **Le deux** février je vais à Paris.

A Die Datumsangabe erfolgt am 1. Tag des Monats durch die Ordnungszahl, an den folgenden Tagen durch die Grundzahl.

Unregelmäßige Verben

aller / gehen
Präsens je vais, tu vas, il/elle va, nous allons, vous allez, ils/elles vont ich gehe …
Pf je suis allé / ich bin gegangen

boire / trinken
Präsens je bois, nous buvons, ils/elles boivent
Pf j'ai bu

devoir / müssen
Präsens je dois, nous devons, ils/elles doivent
Pf j'ai dû

pouvoir / können
Präsens je peux, nous pouvons, ils/elles peuvent
Pf j'ai pu

Lernen Sie bitte noch die Wörter von <u>Eintrittspreis</u> bis <u>Führung</u>.

La grève / Der Streik

Lieu: la gare de Marseille.
Ort: Der Bahnhof von Marseille.
Personnes: un touriste / ein Tourist T, un employé / ein
        Angestellter A

T (devant le guichet / vor dem Schalter): Quand part le
   prochain train pour Paris? Wann fährt der nächste
   Zug nach Paris?

A Je ne le sais pas. Ich weiß es nicht. Au lieu de l'horaire
   nous avons depuis hier une grève. An Stelle des Fahr-
   plans haben wir seit gestern einen Streik.

T De quel quai part le train? Von welchem Gleis fährt
   der Zug ab?

A Du quai six. Von Gleis sechs.

T Je dois changer? Muss ich umsteigen?

A Oui, vous devez changer de train à Lyon par suite de la
   grève. Ja, Sie müssen wegen dem Streik in Lyon umsteigen.

T Combien de temps dure le voyage? Wie lange dauert
   die Fahrt?

A Normalement quatre heures et demi, mais aujourd'hui
   par suite de la grève huit heures. Normalerweise vier-
   einhalb aber heute wegen dem Streik acht Stunden.

T Combien de jours la grève a duré la dernière fois? Wie
   viele Tage hat der Streik beim letzten Mal gedauert?

A Je ne le sais plus. Ich weiß es nicht mehr.

T Il y a un wagon couchettes? Gibt es einen Liegewagen?

A Oui, mais par suite de la grève seulement jusqu'à Lyon.
   Ja, aber wegen dem Streik nur bis Lyon.

T Je voudrais réserver une couchette et un coin fenêtre
   en seconde classe, aller-retour, le retour sans grève.
   Ich möchte einen Liege- und Fensterplatz reservieren, zweite Klasse, hin und zurück, die Rückfahrt ohne
   Streik.

Vierter Tag

Eigenschaftswörter (Adjektive)

Bsp. Der kleine Junge und das kleine Mädchen essen die
     Orange.
     Le petit garçon et la petite fille (1) mangent l'orange.

MZ Les petits garçons et les petites filles (2) mangent les
     oranges.

A   Geschlecht (1) und Zahl (2) des Eigenschaftswortes
     richten sich nach dem zugehörigen Hauptwort.

E Adjektive mit zwei männlichen Formen

	m	m vor Vokal (stummem h)	w
schön	beau	bel	belle
neu	nouveau	nouvel	nouvelle
alt	vieux	vieil	vieille

Die Stellung des Eigenschaftswortes

Bsp. Der französische Kapitän hat ein rotes Schiff mit
     einem großen Segel.
     Le capitain français (1) a un bateau rouge (2) avec
     une grande voile (3).

AR   Die meisten Eigenschaftswörter, z. Bsp. Nationalität
     (1) und Farben (2) stehen hinter dem Hauptwort.
     Kurze Eigenschaftswörter (3): vor dem Hauptwort.

Die Steigerung des Eigenschaftswortes

Anne ist schön.

Anne est **belle**.

Brigitte ist schöner (weniger schön) als Anne.

Brigitte est **plus** (moins) **belle** que Anne (Komparativ).

Claudine ist die schönste (die am wenigsten schöne).

Claudine est **la plus** (la moins) **belle** (Superlativ).

Der Superlativ kann auch nachgestellt werden:
La plus belle femme <u>oder</u> la femme la plus belle

E <u>Gegensätzliche Eigenschaftswörter</u>

alt / jung âgé / jeune; billig / teuer bon marché / cher; breit / schmal large / étroit; draußen / drinnen / dehors / dedans; erster / letzter premier / dernier; frei / besetzt libre / occupé; früh / spät tôt / tard; groß / klein grand / petit; hart / weich dur / mou; hell / dunkel clair / sombre; warm / kalt chaud / froid; hier / dort ici / là; hoch / niedrig haut / bas; hinauf / hinunter en haut / en bas; hinter / vor derrière / devant; leicht / schwierig facile / difficile; leicht / schwer léger / lourd; lang / kurz long / court; links / rechts à droite / à gauche; laut / leise bruyant / silencieux; nach / vor après / avant; nah / fern proche / lointain; darauf / darunter dessus / dessous; offen / geschlossen ouvert / fermé; richtig / falsch juste / faux; schnell / langsam rapide / lent; schön / hässlich beau / laid; stark / schwach fort / faible; süß / sauer doux / acide; schwarz / weiß noir / blanc; trocken / nass sec / mouillé; über / unter sur / sous; voll / leer plein / vide.

Sich und andere vorstellen

Wie geht es Ihnen? Comment allez-vous? Sehr gut, danke, und Ihnen? Très bien, merci, et vous?
Wie heißen Sie? Comment vous appelez-vous?
Ich heiße Brigitte Henne. Je m'appelle Françoise Poule.
Sehr erfreut, ich heiße Franz Hahn. Enchanté, je m'appelle François coq.
Ich stelle Ihnen Frau und Herr Dumont vor.
Je vous présente madame et monsieur Dumont.

Lernen Sie bitte noch die Wörter von <u>Fuß</u> bis <u>Hand</u>.

La panne / Die Autopanne

Lieu: la ville de Paris
Ort: Die Stadt Paris.
Personnes: touriste T, passante P, employé / Angestell-
ter A, mécanicien / Mechaniker M

T Où est le garage le plus proche? Wo ist die nächste
   Werkstatt?
P (en riant / lachend) Cinq mètres derrière vous. Fünf
   Meter hinter Ihnen.
A Bonjour, qu'est-ce qu'il y a? Guten Tag, was gibt es?
T Vous pouvez contrôler ma voiture? Können Sie mein
   Auto kontrollieren? Elle s'est arrêté et <u>ne</u> démarre <u>plus</u>.
   Es hat angehalten und fährt <u>nicht mehr</u>.
A Où s'est elle arrêté? Wo hat es angehalten?
T Exactement devant le garage. Genau vor der Werk-
   statt.
A Bravo, c'est une brave voiture! Bravo, das ist ein braves
   Auto. S'il vous plait la clef de la voiture. Bitte den Au-
   toschlüssel. Pendant que mon mécanicien contrôle la
   voiture, vous pouvez boire un café. Während mein
   Mechaniker das Auto kontrolliert, können Sie einen
   Kaffee trinken.
   Le mécanicien <u>retourne</u> dans 5 minutes. Der Mecha-
   niker <u>kehrt</u> in 5 Minuten <u>zurück</u>.
T Pourquoi la voiture ne démarre plus? Wieso fährt das
   Auto nicht mehr?
M Devinez un peu. Raten Sie ein wenig.
T Le démarreur <u>ne</u> fonctionne <u>pas</u>? Der Anlasser funtio-
   niert <u>nicht</u>?
M Non. Nein.
T La batterie est déchargée? Die Batterie ist leer?
M Non, mais le réservoir d'essence est vide. Nein, aber
   der Benzintank ist leer.

24

Fünfter Tag

Umstandswörter (Adverbien)

Das Umstandswort macht eine Aussage über die näheren Umstände. Im Gegensatz zum Eigenschaftswort ist es **unveränderlich.**

Ableitung des Umstandswortes vom Eigenschaftswort

Bsp. Der langsame Junge isst langsam.
       Le garçon lent mange lentement.
A   Die weibliche Form des Eigenschaftswortes (lente) +
       ment > Umstandswort (lentement).
       Ausnahme: Bei Eigenschaftswörtern, die auf einem
       Vokal enden, wird das Umstandswort von der männ-
       lichen Form des Eigenschaftswortes abgeleitet.
Bsp. Der wahre Bericht gefällt mir wirklich.
       Le vrai récit me plait vraiment.
A   Die männliche Form des Eigenschaftswortes (vrai)
       + ment > Umstandswort (vraiment).

E   Die Steigerung des Umstandswortes

A schminkt sich oft.
A se maquille **souvent.**
B se maquille **plus** (moins) **souvent** que A (Komparativ).
C se maquille **le plus** (le moins) **souvent** (Superlativ).

E   Die Steigerung in Verbindung mit einem Verb
A interessiert sich für die Mode.
A s'intéresse à la mode.
B s'intéresse **plus** (moins) à la mode que A.
C s'intéresse **le plus** (le moins) à la mode.

E Die Steigerung in Verbindung mit einem Hauptwort

A hat Lippenstifte.
A a des rouges à lèvres.
B a **plus de** (moins de) rouges à lèvres que A.
C a **le plus de** (le moins de) rouges à lèvres.

Ausdruck der Gleichheit

Charles hat ebensoviel Gesundheitsrisiko wie Paul, weil er
ebensoviel raucht wie Paul, weil er ebenso oft isst wie Paul
und weil er ebenso dick ist wie Paul.
Charles a **autant de** risque sanitaire **que** Paul (1), parce
qu'il fume **autant que** Paul (2), parce qu'il mange **aussi**
souvent **que** Paul (3) et parce qu'il est **aussi** gros **que** Paul
(4).

**A-Methode (A): Ableitung der Grammatikregel(n) von
einem Beispielsatz.**

A   Die Gleichheit wird ausgedrückt:
   1   bei Hauptwörtern mit **autant de ... que**
   2   bei Verben mit **autant que**
3+4   bei Umstands- und Eigenschaftswörtern mit
     aussi ... que

Die Umstandswörter von bon und mauvais

Bsp.   1   Nach einem guten Abendessen fühlt er sich gut.
       Après un **bon** dîner il va **bien**.
       bon (Eigenschaftswort)
       bien (Umstandswort)

       Steigerung von bien:

bien	mieux	le mieux
gut	besser	am besten

Bsp. 2 Nach einem schlechten Abendessen fühlt
er sich schlecht.
Après un **mauvais** dîner il va **mal**.
mauvais (Eigenschaftswort)
mal (Umstandswort)
Steigerung von mal:

| mal | pire | le pire |
| schlecht | schlimmer | am schlimmsten |

E Zwei Bedeutungen von on

On / wir

Bsp. 1 Wir suchen einen Tisch.
On cherche une table.

On / man

Bsp. 2 Wenn man krank ist, kann man verschiedene Medi-
kamente nehmen.
Quand on est malade, on peut prendre des
différents médicaments.

Unregelmäßige Verben

croire / glauben
Präsens je crois, nous croyons, ils/elles croient
Pf j'ai cru

voir / sehen
Präsens je vois, nous voyons, ils/elles voient
Pf j'ai vu

mettre / legen, stellen
Präsens je mets, nous mettons, ils/elles mettent
Pf j'ai mis

E Wenn man krank ist ... Quand on est malade ...

Gibt es in der Nähe eine Apotheke / einen Arzt? Il y a une
pharmazie / un médecin au voisinage?

Ich bin ...	**Je suis ...**
allergisch gegen	allergique à
geimpft gegen	vacciné contre
ohnmächtig geworden	je me suis évanoui
gestürzt	tombé
im ... Monat schwanger	enceinte de ... mois
Diabetiker(in)	diabétique
Ich habe ...	**J'ai ...**
Kopfschmerzen	mal à la tête
Ohrenschmerzen	mal aux oreilles
Halsschmerzen	mal à la gorge
Rückenschmerzen	mal au dos
Magenschmerzen	maux d'estomac
Bauchschmerzen	mal au ventre
eine Erkältung	un refroidissement
Fieber	de la fièvre
Husten	la toux
eine Verdauungsstörung	une indigestion
Durchfall	la diarrhée
mich übergeben	eu des vomissements
einen hohen / niedrigen Blutdruck	une tension élevée/basse
einen steifen Nacken	un torticolis
Schmerzen an dieser Stelle	des douleurs ici
Brechreiz	la nausée
Kreislaufstörungen	troubles circulatoires
Schwindel	des vertiges
einen Schmerz in der Brust	une douleur dans la poitrine

**Lernen Sie bitte noch die Wörter von <u>Handtuch</u> bis
<u>Liegestuhl.</u>**

Première rencontre / Erste Begegnung

Lieu: Place du marché à Capri. Marktplatz in Capri.
        Devant un hôtel. Vor einem Hotel. Près de l'entrée
        deux valises. Neben dem Eingang zwei Koffer.

Personnes: une touriste / eine Touristin F, un touriste M

M Le temps est beau. Das Wetter ist schön.
F Oui, il fait beau temps. Ja, es ist schönes Wetter.
M Quelles sont les prévisions météo pour demain?
   Wie ist die Wettervorhersage für morgen?
F Je n'ai pas vu la télévision. Ich habe das Fernsehen
   nicht angeschaut.
M D'où venez-vous? Woher sind Sie?
F Je suis de Rome. Ich bin von Rom.
M Quelle surprise, moi aussi. Was für eine Überraschung,
   ich auch. Je m'appelle Tino Baci. Ich heiße Tino Baci.
F (en souriant / lächelnd) Enchantée. Sehr erfreut.
M Comment vous appelez-vous? Wie heißen Sie?
F Gina Borelli.
M Vous avez trouvé un bon hôtel? Haben Sie ein gutes
   Hotel gefunden?
F Oui, cet hôtel là. Ja, das Hotel dort.
M Quelle surprise, je suis aussi dans cet hôtel. Was für
   eine Überraschung, auch ich bin in diesem Hotel. C'est
   la première fois que vous êtes à Capri? Sind Sie zum
   ersten Mal in Capri?
F Non, c'est la troisième fois. Nein, es ist das dritte Mal.
M Vous êtes ici avec la famille? Sind Sie mit der Familie
   hier?
F Non, je suis seule. Nein, ich bin allein.
M Moi aussi. Ich auch. Je suis arrrivé ce matin. Ich bin
   heute Vormittag angekommen. Quand êtes-vous arrivée? Wann sind Sie angekommen?
F Il y a huit jours. Vor acht Tagen.

M Vous restez combien du temps? Bis wann bleiben Sie?

F Je suis en train de partir. Ich fahre gerade ab. Voilà mes valises. Dort stehen meine Koffer. J'attends le chauffeur de taxi pour aller au port. Ich erwarte den Taxifahrer, um zum Hafen zu fahren.

M Dommage! Schade! Nous pouvons <u>nous</u> rencontrer à Rome? Können wir <u>uns</u> in Rom treffen? Nous allons au cinéma? Gehen wir ins Kino?

F Je ne m'intéresse pas au cinéma. Ich interessiere mich nicht für das Kino.

M Nous allons à une discothèque? Gehen wir in eine Diskothek?

F Je n'ai pas envie d'aller à une dicothèque. Ich habe keine Lust, in eine Diskothek zu gehen.

M De quoi vous occupez-vous dans votre temps libre? Womit beschäftigen Sie sich in Ihrer Freizeit?

F Mon hobby est l'opéra. Mein Hobby ist die Oper.

M C'est aussi mon hobby. Das ist auch mein Hobby. Vous avez du temps dimanche, le six septembre? Haben Sie am Sonntag, dem 6. September, Zeit?

F Un moment, je dois regarder mon agenda. Einen Moment, ich muss im Taschenkalender nachschauen. Oui, le soir est libre. Ja, der Abend ist frei.

M (compose un numéro de téléphone / wählt eine Telefonnummer) : Tino Baci, quel programme y-a-t-il le six septembre? Was gibt es am 6. September im Programm? Oh, une première. Oh, eine Premiere. Qui est le soliste? Wer ist der Solist? Oh, Placido Domingo. Il y a encore deux billets? Gibt es noch zwei Karten? Quelle chance, je voudrais réserver deux places au balcon. Was für ein Glück, ich möchte zwei Plätze auf dem Rang vorbestellen. Merci beaucoup, madame. Vielen Dank, meine Dame.

F Qu'est-ce qu'on joue ? Was wird gespielt?

M (en souriant / lächelnd): Le mariage du Figaro. Die Hochzeit des Figaro.

Sechster Tag

Regelmäßige Verben (Präsens / Gegenwart)

Verben auf -er:
Bsp. parler / sprechen
je parl e ich spreche
tu parl es
il/elle parl e
nous parl ons
vous parl ez
ils/elles parl ent (1)
1 Die Verbindung -ent spricht man nie aus.

Verben auf -ir
Bsp. finir aufhören
je fini s ich höre auf
tu fini s
il/elle fini t
nous fini ss ons (3)
vous fini ss ez
ils/elles fini ss ent
3 Vor den Pluralendungen wird ss eingefügt.

Verben auf -re:
Bsp. vendre / verkaufen
Je vend s ich verkaufe
Tu vend s
il /elle ven d
nous vend ons
vous vend ez
ils/elles vend ent

A Die Pluralendungen sind bei allen 3 Verbgruppen
   gleich.

Das Partizip Präsens

Bildung: Verbstamm der 1. Pers. Pl des Präsens + **ant**

nous **parl** ons   +   -**ant** > parlant / sprechend
nous **vend** ons   +   -**ant** > vendant / verkaufend
nous **finiss** ons   +   -**ant** > finissant / aufhörend

Imperfekt (Vergangenheit)

Bildung: Verbstamm der 1. Pers. Pl des Präsens +
Imperfektendungen von avoir

nous **parl** ons	+	j'av **ais**	>	je parl **ais**
nous **vend** ons	+	j'av **ais**	>	je vend **ais**
nous **finiss** ons	+	j'av **ais**	>	je finiss **ais**
		tu av **ais**	>	tu finiss **ais**
		il av **ait**	>	il finiss **ait**
		nous av **ions**	>	nous finiss **ions**
		vous av **iez**	>	vous finiss **iez**
		ils av **aient**	>	ils finiss **aient**

Konditional (Bedingungsform)

Bildung: Infinitiv + Imperfektendungen von avoir

parler	+	j'av **ais**	>	je parler **ais**
vendre	+	j'av **ais**	>	je vendr **ais** (1)
finir	+	j'av **ais**	>	je finir **ais**
		tu av **ais**	>	tu finir **ais**
		il av **ait**	>	il finir **ait**
		nous av **ions**	>	nous finir **ions**
		vous av **iez**	>	vous finir **iez**
		ils av **aient**	>	ils finir **aient**

1 Das e des Infinitivs entfällt

Futur (Zukunft)

Bildung: Infinitiv + Präsensendungen von avoir

parler	+	j'ai	>	je parler **ai**
vendre	+	j'ai	>	je vendr ai (1)
finir	+	j'ai	>	je finir **ai**
		tu **as**	>	tu finir **as**
		il **a**	>	il finir **a**
	nous av **ons**		>	nous finir **ons**
	vous av **ez**		>	vous finir **ez**
		ils **ont**	>	ils finir **ont**

1 Das e des Infinitvs entfällt

Perfekt (vollendete Vergangenheit)

Bsp.   Ich habe auf einen schönen Tag gewartet. Ich bin um
8 Uhr aufgebrochen. Ich bin auf das Land gewandert.
J'ai attend**u** un beau jour. Je suis parti à 8 heures.
J'ai march**é** à la campagne.

A   Ableitung der Grammatikregeln aus dem Beispiel:

	Verbendung	Endung des Partizip Perfekt
warten /attendre	Verben auf **-re**	**- u**
aufbrechen / partir	Verben auf **-ir**	**- i**
wandern / marcher	Verben auf **-er**	**- é**

R Das Perfekt wird gebildet: mit dem Präsens der Hilfsverben haben / avoir und sein / être (z. Bsp. je suis)
und dem Partizip Perfekt des Verbs (z. Bsp. parti).

Das Perfekt mit être

Bsp.   Der Junge / das Mädchen ist zurückgekehrt.
       Le garçon est rentré.
       La fille est rentrée.
MZ   Les garçons sont rentrés.
       Les filles sont rentrées.
A   Wenn das Perfekt mit être gebildet wird, richtet sich
      die Endung des Partizip Perfekt nach dem zugehöri-
      gen Subjekt.

E Welche Verben bilden das Partizip Perfekt mit être?

Alle rückbezüglichen (reflexiven) Verben (z. Bsp. ich
habe mich informiert / je me suis informé).
Die meisten Verben der Bewegung (z. Bsp. entrer /
eintreten, sortir / ausgehen, partir / abreisen, arriver /
ankommen, descendre / heruntersteigen, monter /
hinaufsteigen, aller / gehen, venir / kommen,
retourner / zurückkehren, tomber / fallen).

Das Perfekt mit avoir

Bsp.   Le garçon a mangé.
       La fille a mangé.
MZ   Les garçons ont mangé.
       Les filles ont mangé.
A   Wenn das Perfekt mit avoir gebildet wird, ist
      die Endung des Partizip Perfekt **unveränderlich**.
Ausnahme: Bei vorausgehendem Akkusativobjekt richtet
          sich das Partizip Perfekt in Geschlecht und Zahl
          nach diesem Objekt.
Bsp.   Hast du den Jungen (das Mädchen) gesehen?
       Ich habe ihn (es) gesehen.

Tu as vu le garçon. Je l'ai vu.
Tu as vu la fille? Je l'ai vue.

MZ Tu as vu les garçons? Je les ai vus.
Tu as vu les filles? Je les ai vues.

E Welche Verben bilden das Partizip Perfekt mit avoir?
Die Hilfsverben avoir und être (j'ai eu / ich habe gehabt,
j'ai été / ich bin gewesen).
Alle Tätigkeitsverben, die durch ein Akkusativobjekt
ergänzt werden (transitive Verben), z. Bsp. Il a écrit une
lettre. Er hat einen Brief geschrieben
Unpersönliche Verben, z. Bsp. Es hat geschneit. Il a
neigé.

Das rückbezügliche (reflexive) Verb

Bsp. se dépêcher / sich beeilen

je **me** dépêche (1)ich beeile mich	nous **nous** dépêchons
tu **te** dépêches	vous **vous** dépêchez
il **se** dépêche	ils / elles **se** dépêchent

1 Anders als im Deutschen steht das Fürwort vor dem Verb.

R Me, te, se werden vor Vokalen und stummem h apostrophiert, z. Bsp. il s'informe / er informiert sich

Befehlsform (Imperativ)

R Die Befehlsformen werden vom Präsens abgeleitet.

Präsens	Befehlsform (Imperativ)
tu parl**es**	parle / sprich! (**es** > **e**)
nous parlons	parlons / sprechen wir!
vous parlez	parlez / sprecht! Sprechen Sie!

Lernen Sie bitte noch die Wörter von <u>Likör</u> bis <u>Party.</u>

La robe de mariée / Das Hochzeitskleid

Lieu: Une maison de confection à Rome.
   Ein Bekleidungsgeschäft in Rom.
Personnes: Gina G vendeuse / Verkäuferin V

V   Je peux <u>vous</u> aider? Kann ich <u>Ihnen</u> helfen?

G   Est-ce que vous pouvez me montrer une robe de mariée?
    Können Sie mir ein Hochzeitskleid zeigen?

V   Vous pouvez décrire la robe que vous désirez? Können
    Sie das Kleid beschreiben, das Sie wünschen.

G   Je désire une robe élégante et traditionnelle. Ich
    wünsche ein elegantes und traditionelles Kleid.

V   De quelle couleur? Welche Farbe?

G   Je voudrais quelque chose en blanc, mais plus beige que
    blanc.
    Ich möchte etwas in weiß, aber mehr beige als weiß.

V   Celle-ci est élégante et traditionnelle. Dieses ist ele-
    gant und traditionell.

G   Je peux l'essayer? Darf ich es probieren?

V   Voici la cabine d'essayage. Hier ist die Ankleidekabine.

G   (est debout devant le miroir et regarde heureuse son
    reflet / steht vor dem Spiegel und betrachtet
    glücklich ihr Spiegelbild): Comme c'est beau! Wie
    schön! Cette robe est un rêve. Dieses Kleid ist ein
    Traum. Combien coûte ce rêve? Wie viel kostet
    dieser Traum?

V   2000 Euro.

G   Dommage, je ne veux pas dépenser plus de 1000 €.
    Schade, ich möchte nicht mehr als 1000 € ausgeben.

V   Un moment, je téléphone au chef de rayon. Einen Mo-
    ment, ich telefoniere mit dem Abteilungsleiter.
    Après le coup de téléphone. Nach dem Telefongespräch:
    Vous pouvez réaliser le rêve avec 1500 €. Sie können
    den Traum mit 1500 € verwirklichen.

G   D'accord, alors je la prends. Gut, dann nehme ich es.

Siebter Tag

Persönliche Fürwörter (Pronomen)

Pronomen sind Wörter, die für andere Wörter (Personen und Sachen) stehen, um eine Wiederholung zu vermeiden. Sie heißen deshalb auch Fürwörter.

Bsp. Triffst du Paul? Ja, ich treffe **ihn**.
Tu rencontres Paul? Oui, je **le** rencontre.

Das Subjektfürwort antwortet auf die Frage wer?
Das Akkusativfürwort antwortet auf die Fragen was? wen?

Bsp. Je **te** rencontre / ich treffe **dich**

Subjektfürwort	Akkusativfürwort	Verb
Je	te	rencontre
Tu	me	rencontres
Il	**la**	rencontre
Elle	**le**	rencontre
Nous	vous	rencontrons
Vous	nous	rencontrez
Ils/elles	**les**	rencontrent

R Je,te, me und la, le werden vor Vokal und stummem h apostrophiert, z. Bsp. je t'aime / ich liebe dich

E Gebrauch des Subjektfürworts

Bei weiblichen und männlichen Subjekten wird das männliche Subjektfürwort verwendet, z. Bsp.
Où sont les garçons et les filles? **Ils** sont à la maison.
Wo sind die Jungen und Mädchen? Sie sind im Haus.

Die 2. Pers. MZ wird als Höflichkeitsform gebraucht:
Vous cherchez ce livre? Suchen Sie dieses Buch?

Das Dativfürwort

Das Dativfürwort antwortet auf die Frage wem?

Bsp.   Je te vends un café / ich verkaufe dir einen Kaffee.

Subjektfürwort	Dativfürwort	Verb
Je	te	vends un café
Tu	me	vends
Il	**lui**	vend
Elle	**lui**	vend
Nous	vous	vendons
Vous	nous	vendez
Ils / elles	**leur**	vendent

E Akkusativfürwörter und Dativfürwörter unterscheiden
sich nur in der 3. Pers. EZ und MZ:

	Dativfürwort	Akkusativfürwort
3. Pers. EZ	lui (m+w)	la (w) le (m)
3. Pers. MZ	leur (m+w)	les (m+w)

Die Akkusativfürwörter la(w) le(m) und les(m+w) kennen
wir bereits unter einer anderen Bedeutung aus dem Kapitel
über die Artikel: la (die) le (der) und les (die)

E Gebrauch des Dativfürworts

Dativfürwörter stehen nach Verben, die mit à gebildet
werden, z. Bsp.
Tu vas écrire à ta mère? Wirst du deiner Mutter schreiben?
Oui, je vais **lui** écrire (1). Ja, ich werde ihr schreiben.
R 1 bei dem mit aller gebildeten Futur steht das Fürwort
      vor dem Infinitiv.

E Stellung des Objektfürwortes

Bsp. Ich verkaufe **dir** einen Kaffee / je **te** vends un café

A Im Gegensatz zum Deutschen steht das Objekt-
fürwort im Aussagesatz vor dem Verb.

Wenn 2 Objektfürwörter beim Verb stehen, gibt es
2 Möglichkeiten:

1. Bei lui und leur ist die Reihenfolge der Fürwörter in
beiden Sprachen gleich, z. Bsp.
ich verkaufe **es** *ihm* / je **le** *lui* vends
Das **Akkusativfürwort** steht vor dem *Dativfürwort.*

2. Bei me, te, se, nous, vous ist die Reihenfolge umgekehrt,
z. Bsp.
ich verkaufe **es** *dir* / je *te* **le** vends
Im Deutschen steht das **Akkusativfürwort** vor dem
Dativfürwort, im Französischen ist es umgekehrt.

Das betonte Fürwort

Bsp. Je parle avec toi / ich spreche mit dir

Subjektfürwort	Verb	Präposition	betontes Fürwort
Je	parle	avec	toi
Tu	parles	avec	moi
Il	parle	avec	elle
Elle	parle	avec	**lui**
Nous	parlons	avec	vous
Vous	parlez	avec	nous
Ils	parlent	avec	elles
Elles	parlent	avec	**eux**

E   Gebrauch des betonten Fürworts

Nach Präpositionen (siehe oben).
Zur Hervorhebung einer Person, z.Bsp.
Moi, je suis de Paris, **lui,** il est de Lyon.
Ich bin von Paris, **er** ist von Lyon.
Nach dem Verb être:
Qui est là? C'est moi! Wer ist dort? Ich!
In Vergleichssätzen:
Paul est plus grand que moi / Paul ist größer als ich
In Verbindung mit ou, et, ni:
Qui paie, toi ou moi? Wer zahlt, du oder ich?
Das unbestimmte Fürwort soi / sich wird verwendet, wenn
das Subjekt unbestimmt ist:
On est chez soi. Man ist bei sich (zu Hause).

Unregelmäßige Verben

savoir / wissen
Präsens   je sais, nous savons, ils/elles savent
Pf   j'ai su

prendre / nehmen
Präsens   je prends, nous prenons, ils/elles prennent
Pf   j'ai pris

ouvrir / öffnen
Präsens   j'ouvre, nous ouvrons, ils/elles ouvrent
Pf   j'ai ouvert

**Lernen Sie bitte noch die Wörter von <u>Pfund</u> bis
<u>Schweinefleisch</u>.**

Le voyage de noces / Die Hochzeitsreise

Lieu: L'aéroport de Rome - Ciampino.
Ort: Der Flughafen Ciampino in Rom.
Personnes: Gina G, Tino T, un employé / ein Angestellter A

T À quelle heure le vol charter part pour Paris? Um
   wieviel Uhr startet der Charterflug nach Paris?
A Vous avez encore un peu de temps. Sie haben noch ein
   wenig Zeit. Le départ est dans une heure. Der Start ist
   in einer Stunde.
G À quelle heure arrive l'avion ? Um wie viel Uhr kommt
   das Flugzeug an?
A Si l'avion part à l'heure, l'arrivée est à onze heures.
   Wenn das Flugzeug pünktlich startet, ist die Ankunft um
   elf Uhr. C'est la première fois que vous allez à Paris? Ist
   es das erste Mal, dass Sie nach Paris fahren?
G Oui, c'est notre voyage de noces. Ja, das ist unsere
   Hochzeitsreise.
A Oh, félicitations pour le mariage. Oh, Glückwünsche zur
   Vermählung. Vous avez trouvé un bon hôtel? Haben Sie
   ein gutes Hotel gefunden?
T Oui, près de la cathédrale *Notre Dame* au *Quartier
   latin*. Ja, in der Nähe der Kathedrale *Notre-Dame* im
   Quartier latin.
A J'ai vécu dans ce quartier de 1988 à 1996. Ich habe in
   diesem Viertel von 1988 bis 1996 gelebt. Chaque fois
   que je pense à Paris j'éprouve une grande nostalgie de
   cette ville merveilleuse. Jedes Mal, wenn ich an Paris
   denke, fühle ich ein großes Heimweh nach dieser
   wunderbaren Stadt.
G Qu'est-ce qui vous a impressionné le plus à Paris? Was
   hat Sie in Paris am meisten beeindruckt?
A C'est une demande difficile. Das ist eine schwierige
   Frage. Peut-être la vue sur la *Seine* sous les ponts de
   Paris ou bien la vue de mon appartement sur le ciel bleu

41

au dessus des toits de Paris. Vielleicht der Blick auf die *Seine* unter den Brücken von Paris oder die Aussicht von meiner Wohnung auf den blauen Himmel über den Dächern von Paris. Peut-être ce soir-là sur la place de la concorde, quand le soleil rouge se couchait derrière la tour Eiffel. Vielleicht jener Abend auf dem Concorde - Platz, als die rote Sonne hinter dem Eiffelturm unterging. Peut-être cette nuit-là, quand j'ai regardé l'océan de lumières de la ville du restaurant le plus haut de la tour Eiffel. Vielleicht jene Nacht, als ich das Lichtermeer der Stadt vom höchsten Restaurant des Eiffelturms betrachtet habe. Peut-être la beauté séduisante des danseuses du *Lido* et du *Moulin Rouge*. Vielleicht die verführerische Schönheit der Tänzerinnen des *Lido* und des *Moulin Rouge*. Peut-être ce matin-là, quand j'ai vu devant l'église *Sacré-Cœur* après une nuit blanche le lever du soleil rosé. Vielleicht jener Morgen, als ich vor der Kirche *Sacré-Coeur* nach einer schlaflosen Nacht den Aufgang der rosigen Sonne gesehen habe. Qu'est-ce qui m'a impressionné le plus? Je ne le sais pas. Was hat mich am meisten beeindruckt? Ich weiß es nicht. Mais je sais que vous serez très heureux tous les deux pendant ce voyage de noces, parce que Paris est la ville parfaite pour s'aimer et pour cela le lieu idéal pour un voyage de noces. Aber ich weiß, dass Sie beide während dieser Hochzeitsreise sehr glücklich sein werden, weil Paris die perfekte Stadt ist, um sich zu lieben und deshalb der ideale Ort für eine Hochzeitsreise. Combien de temps restez-vous à Paris? Wie lange bleiben Sie in Paris?

T Deux semaines. Zwei Wochen.
G Peut-être aussi quelques jours en plus. Vielleicht auch einige Tage mehr.
A Saluez Paris de ma part. Grüßen Sie Paris von mir.
   Bon vol et bonne lune de miel. Guten Flug und schöne Flitterwochen!

Achter Tag

Besitzanzeigendes Eigenschaftswort

Geschlecht des besitzanzeigenden Eigenschaftswortes

Im Deutschen richtet sich das Geschlecht des besitzanzeigenden Eigenschaftsworts nach dem Geschlecht des Besitzers, z.Bsp. er hat **sein** Auto / sie hat **ihr** Auto geparkt. Im Französischen richtet sich das Geschlecht des besitzanzeigenden Eigenschaftsworts nach dem Geschlecht des nachfolgenden Hauptworts: Il / elle a garé **sa** voiture (f).

Das besitzanzeigende Eigenschaftswort

Beispiel 1
Hier sind mein Bruder, meine Schwester und meine Eltern.
Voici **mon** frère, **ma** sœur et **mes** parents.
A Ableitung der Grammatikregeln von Bsp. 1

1 Besitzer	1 Besitzobjekt	mehrere Besitzobjekte
1. Pers. EZ	**mon**	**ma**	**mes**
2. Pers. EZ	ton	ta	tes
3. Pers. EZ	son	sa	ses

R Vor Vokal und stummem h werden ma, ta, sa > mon ,ton, son, z. Bsp. mon amie / meine Freundin

Beispiel 2
Hier sind unser Vater, unsere Mutter und unsere Cousins.
Voici **notre** père, **notre** mère et **nos** cousins.
A Ableitung der Grammatikregeln von Bsp. 2

Mehrere Besitzer	1 Besitzobjekt	mehrere Besitzobjekte
1. Pers. MZ	**notre**	**nos**
2. Pers. MZ	votre	vos
3. Pers. MZ	leur	leurs

E Besitzanzeigendes Fürwort

Beispiel 1

Ist das dein Bruder, deine Schwester?
C'est ton frère, ta sœur?
Nein, meiner, meine ist dort.
Non, **le mien**, **la mienne** est là.

MZ Sind das deine Brüder, deine Schwestern?
Ce sont tes frères, tes sœurs?
Nein, meine sind dort.
Non, **les miens**, **les miennes** sont là.

A Ableitung der Grammatikregeln von Bsp. 1

1 Besitzer	1 Besitzobjekt		mehrere Besitzobjekte	
1. Pers. EZ	le **mien**	la **mienne**	les **miens**	les **miennes**
2. Pers. EZ	le tien	la tienne	les tiens	les tiennes
3. Pers. EZ	le sien	la sienne	les siens	les siennes

Das besitzanzeigende Fürwort ersetzt ein Hauptwort.

Beispiel 2

Ist das euer Vater, eure Mutter?
C'est votre père, votre mère?
Nein, unserer, unsere ist dort.
Non, **le nôtre**, **la nôtre** est là.

MZ Sind das eure Väter, eure Mütter?
Ce sont vos pères, vos mères?
Nein, unsere sind dort.
Non, **les nôtres** sont là.

A Ableitung der Grammatikregeln von Bsp. 2

Mehrere Besitzer	1 Bezitzobjekt	mehrere Besitzobjekte
1. Pers. MZ	**le / la nôtre**	**les nôtres**
2. Pers. MZ	le / la vôtre	les vôtres
3. Pers. MZ	le / la leur	les leurs

R Im Gegensatz zum Deutschen steht vor dem französischen besitzanzeigenden Fürwort der bestimmte Artikel.

Die bezüglichen Fürwörter qui und que

Bsp.   Hermann Hesse, der ein Nobelpreisträger ist, den
         die ganze Welt kennt, liest zwei Gedichte, die ich
         kenne und die meine bevorzugten Gedichte sind.
         Hermann Hesse qui (1) est un Prix Nobel que (2)
         connaît tout le monde lit deux poésies que (3) je
         connais et qui (4) sont mes poésies préférées.

A   1   Wenn das bezügliche Fürwort Subjekt ist, wird qui
            verwendet.
       2   Wenn das bezügliche Fürwort Objekt ist, wird que
            verwendet.
       1+ 4 Qui wird für Personen und Sachen, männliche und
            weibliche Subjekte, Singular und Plural verwendet.
       2 + 3 Die Verwendung von que erfolgt analog zu qui.

E Das Fragefürwort

wann / quand	Quand part le prochain train?
	Wann fährt der nächste Zug?
seit wann / depuis quand	Depuis quand es-tu ici?
	Seit wann bist du hier?
warum / pourquoi	Pourquoi ça occupe tant de temps?
	Warum braucht es so viel Zeit?
was / quelle chose	Quelle chose avez-vous aimé le plus?
	Was hat Ihnen am meisten gefallen?
/ quoi	Quoi on joue à l'opéra?
	Was spielt man in der Oper?
was ist / quel est	Quel est l'indicatif de la Suisse?
	Was ist die Vorwahl der Schweiz?
welcher, e, es / quel (le)	Quel homme, quelle femme?
wer / qui	Qui est le soliste? Wer ist der Solist?
an wen / à qui	À qui je peux m'adresser?
	An wen kann ich mich wenden?

wem / à qui	À qui est cette veste-ci?
	Wem gehört diese Jacke?
mit wem / avec qui	Tu sors avec qui?
	Mit wem gehst du aus?
bei wem, zu wem / chez qui	Chez qui tu as été?
	Bei wem bist du gewesen?
wie / comment	Comment on dit en français?
	Wie sagt man auf französisch?
wie lange / combien de temps	Combien de temps restes-tu?
	Wie lange bleibst du?
wie viel / combien	Combien coûte le billet?
	Wie viel kostet die Eintrittskarte?
wie viele / combien de	Combien de jours la grève a duré ?
	Wie viele Tage hat der Streik gedauert?
von wo / d'où	D'où venez-vous?
	Von wo kommen Sie?
wovon, worüber / de quoi	De quoi avez-vous parlé?
	Worüber haben Sie gesprochen?
woran / à quoi	À quoi penses-tu?
	Woran denkst du?
wo ist / où est	Où est l'office du tourisme?
	Wo ist das Fremdenverkehrsamt?

Fragesätze

Beispiel : Lieben Sie Brahms?
Vous aimez **Brahms**? (1)
Est-ce que vous aimez Brahms? (2)
Aimez-vous Brahms? (3)

1 Wenn sich der Fragesatz vom Aussagesatz nur durch das **betonte Satzende** unterscheidet, spricht man von einer **Intonationsfrage**. Dieser Fragesatztyp wird meist in der gesprochenen Sprache verwendet.

2 Die est-ce que Frage kann man in der gesprochenen und geschriebenen Sprache verwenden. Das que wird vor Vokalen apostrophiert, z. Bsp. Est-ce qu'elle aime Brahms?

3 Bei der **Inversionsfrage** wird das persönliche Fürwort hinter das Verb gestellt. In einem Roman von Françoise Sagan schreibt ein Verehrer an die Dame seines Herzens: ‚Aimez-vous Brahms?' ‚Lieben Sie Brahms?'

Hinweisendes Eigenschaftswort und Fürwort

Bsp.   Triffst du **diesen** Jungen? Nein, *diesen dort.*
       Tu rencontres **ce** garçon-ci? Non, *celui-là.*
       Tu rencontres **cette** fille-ci? Non, *celle-là.*
MZ   Tu rencontres **ces** garçons-ci? Non, *ceux-là.*
       Tu rencontres **ces** filles-ci? Non, *celles-là.*
A   Das hinweisende **Eigenschaftswort** steht vor dem Hauptwort. Das hinweisende *Fürwort* vertritt ein Hauptwort.
R   Vor Vokalen und stummem h wird ce > cet z. Bsp. cet ami / dieser Freund.

Unregelmäßiges Verb

dire / sagen
Präsens   je dis, nous disons, vous dites, ils/elles disent
Pf   j'ai dit

plaire / gefallen
Präsens   je plais, nous plaisons, ils/elles plaisent
Pf   j'ai plu

Lernen Sie bitte noch die Wörter von <u>See</u> bis <u>Strand</u>.

Arrivée à l'hôtel / Ankunft im Hotel

Lieu: Un hôtel à Cannes. Ein Hotel in Cannes.
Personnes: Tino T, sa femme Gina G, leur fille Nora N,
        monsieur Richard R

T   Bonsoir, je m'appelle Tino Baci. Guten Abend, ich
     heiße Tino Baci. Vous êtes monsieur Richard à qui
     j'ai téléphoné ? Sind Sie Herr Richard, mit dem ich
     telefoniert habe?

R   Oui, bonsoir, madame et monsieur Baci. Ja,guten Abend,
     Frau und Herr Baci. Combien de temps restez-vous?
     Wie lange bleiben Sie?

T   Une semaine. Eine Woche. Nous avons besoin d'une
     chambre double et d'une chambre individuelle pour
     notre fille. Wir brauchen ein Doppelzimmer und ein
     Einzelzimmer für unsere Tochter.

R   Vous avez de la chance. Sie haben Glück. Bien que nous
     avons la pleine saison il y a encore quelques chambres
     libres. Obwohl wir uns in der Hochsaison befinden, gibt
     es noch einige freie Zimmer. Il y a deux chambres avec
     salle de bain, balcon et vue sur la mer. Es gibt zwei
     Zimmer mit Bad, Balkon und Sicht auf das Meer.

G   Combien coûte une nuit avec petit déjeuner, la demi-
     pension et la pension complète ? Wie viel kosten
     Übernachtung und Frühstück, Halbpension und Voll-
     pension?

R   Voici la liste des prix. Hier ist die Preisliste.

G   C'est trop cher. Es ist zu teuer. Vous avez quelque
     chose plus bon marché? Haben Sie etwas Billigeres?

R   Nous avons deux chambres moins chères avec douche et
     vue sur les montagnes. Wir haben zwei weniger teuere
     Zimmer mit Dusche und Blick auf die Berge.

G   C'est possible de <u>les</u> visiter? Ist es möglich, <u>sie</u> zu
     besichtigen?

R   Volontiers. Gern.

Après la visite. Nach der Besichtigung.

G D'accord, nous prenons les chambres. Gut, wir nehmen die Zimmer.

R Je vous prie de remplir cette fiche. Bitte füllen Sie dieses Anmeldeformular aus. Veuillez signer ici. Bitte unterschreiben Sie hier.

T Quelqu'un peut porter en haut nos valises? Kann jemand unsere Koffer hinauf tragen?

R Un moment, j'appelle un garçon. Einen Moment, ich rufe einen Kellner. Voici les deux clefs. Hier sind die beiden Schlüssel.

G À quelle heure peut-on prendre le petit déjeuner? Um wie viel Uhr kann man frühstücken?

R Entre sept et dix heures. Zwischen 7 und 10 Uhr.

T Pouvez-vous nous réveiller à huit heures? Können Sie uns um 8 Uhr wecken?

R Volontiers, voici l'ascenseur. Gern, hier ist der Aufzug. Bonnes vacances. Schöne Ferien.

Après une semaine très belle. Nach einer sehr schönen Woche:

T Je peux payer la note? Kann ich die Rechnung zahlen?

R La note est prête. Die Rechnung ist fertig.

T Au revoir, c'était un séjour très agréable. Auf Wiedersehen, es war ein sehr angenehmer Aufenthalt.

G C'était une semaine merveilleuse. Es war eine wunderbare Woche.

N Salut, c'était mega fantastique. Tschüß, es war mega fantastisch.

R Ravi d'avoir fait votre connaissance. Es war mir ein Vergnügen, Sie kennen zu lernen. J'espère vous revoir l'année prochaine. Ich hoffe Sie nächstes Jahr wieder zu sehen. Au revoir et bon retour. Auf Wiedersehen und gute Heimreise!

Neunter Tag

Räumliche Angaben

im Haus	á la maison
durch das Haus	à travers la maison
innerhalb des Hauses	à l'intérieur de la maison
außerhalb des Hauses	hors de la maison
vor dem Haus	devant la maison
hinter dem Haus	derrière la maison
neben dem Haus	à côté de la maison
auf dem Haus	sur la maison
unter dem Haus	sous la maison
über dem Haus	au dessus de la maison
gegenüber dem Haus	en face de la maison
in der Nähe des Hauses	près de la maison

Die Ankunft / l'arrivée

Ich bin angekommen ...   **Je suis arrivé ...**

vor 7 Tagen	il y a 7 jours
vorgestern	avant hier
gestern	hier
heute	aujourd'hui
ich bin gerade angekommen	je viens d'arriver
Ich komme gerade an	je suis en train d'arriver (1)

1 Im Französischen gibt es eine eigene Form, um hervorzuheben, dass etwas gerade geschieht:
être en train de + Infinitiv

Die Abreise / le départ

Ich werde gleich abreisen   je vais partir (1)
1 aller + Infinitiv drückt ein kurz bevorstehendes Ereignis
    aus.

Ich reise ab …	**je pars** …
sofort	tout de suite
bald	bientôt
in zwei Stunden	dans deux heures
heute Vormittag	ce matin
heute Nachmittag	cet après-midi
heute Abend	ce soir
heute Nacht	cette nuit
morgen	demain
übermorgen	après-demain
vor dem Sonntag	avant de dimanche

Häufigkeitsangaben

niemals	jamais
hin und wieder	de temps en temps
manchmal	parfois
oft	souvent
meistens	pour la plupart
immer	toujours

E Wichtige Redewendungen

<u>Wenn man den Gesprächspartner nicht verstanden hat.</u>
<u>Quand on n'a pas compris l'interlocuteur.</u>
Ich habe nicht verstanden, was Sie gesagt haben. Je n'ai pas
compris ce que vous avez dit. Können Sie es noch einmal
sagen und langsamer sprechen. Vous pouvez le répéter et
parler plus lentement?

<u>Im Kaufhaus. Dans le magasin.</u>
Ich sehe mich nur um. Je donne seulement un coup d'oeil.
Ich muss noch einen Augenblick darüber nachdenken.
Je dois y réfléchir encore un moment.
Das gefällt mir, ich nehme es. Ça me plait, je le prends.
Kann ich mit dieser Kreditkarte zahlen?
Je peux payer avec cette carte de crédit?
Können Sie es einpacken? Vous pouvez l'envelopper?
Hätten Sie eine Tüte? Auriez-vous un sac?

<u>Nach einem Unfall. Après un accident.</u>
Es ist ein Unfall passiert. Il y a eu un accident. Rufen Sie
sofort einen Arzt, einen Krankenwagen und die Polizei.
Appelez tout de suite un médecin, une ambulance et la
police. Ich brauche Ihren Namen, Ihre Adresse und den
Namen Ihrer Versicherung. J'ai besoin de votre nom, de
votre adresse et du nom de votre assurance.

Unregelmäßige Verben

faire / machen
Präsens je fais, nous faisons, vous faites, ils/elles font
Pf j'ai fait
venir / kommen
Präsens je viens, nous venons, ils/elles viennent
Pf je suis venu
vouloir / wollen
Präsens je veux, nous voulons, ils/elles veulent
Pf j'ai voulu
Konditional je voudrais
vivre / leben
Präsens je vis, nous vivons, ils/elles vivent
Pf j'ai vécu

Bitte lernen Sie die Wörter von <u>Straße</u> bis <u>Umleitung.</u>

Au restaurant / Im Restaurant

Lieu: Un restaurant à Marseille
Personnes: Gina G, Tino T, Nora N, serveuse /
        Kellnerin K

T On veut une table sur la terrasse dans la zone non-
fumateurs. Wir wollen einen Tisch auf der Terrasse
im Nichtraucherbereich.

K Je vous en prie, cette table. Bitte, dieser Tisch.
Voici la carte. Hier ist die Speisekarte.

G Vous avez un plat du jour où un plat pour touristes?
Haben Sie ein Tages- oder Touristenmenü?

K Oui, madame, tous les deux. Ja, meine Dame, alle
beide.

N Quels plats végétariens avez-vous? Welche vegetarischen Gerichte haben Sie?

K Voici la liste des plats végétariens. Hier ist die Karte
der vegetarischen Gerichte.Voici la liste des boissons.
Hier ist die Getränkekarte. Vous voulez un apéritif?
Wollen Sie einen Aperitif?

G Un kir royal. Einen Kir royal.

N Un apéritif sans alcool. Einen alkoholfreien Aperitif.

T Un pastis. Einen Pastis.

K Que désirez-vous boire? Was wünschen Sie zu trinken?

G Un verre de vin blanc. Ein Glas Weißwein.

N Un jus de fruits. Einen Fruchtsaft.

T Une bière à la pression. Ein Bier vom Fass.

K Quelle entrée désirez-vous? Welche Vorspeise
wünschen Sie?

T Une assiette de charcuterie. Einen gemischten Auf-
schnitt.

N Un paté. Eine Pastete.

G Un soufflé. Einen Eierauflauf.

S Et quel plat principal? Und welches Hauptgericht?

N Je préfère un plat végétarien. Ich bevorzuge ein
  vegetarisches Gericht. Quel plat vous me conseillez?
  Welches Gericht empfehlen Sie mir?
K Pommes de terre avec légumes. Kartoffeln mit Gemüse.
T Je voudrais du poisson. Ich hätte gern Fisch. Matelote
  avec du riz. Fischragout mit Reis.
G Je voudrais de la viande. Ich hätte gern Fleisch. Steak et
  salade mixte. Steak und gemischten Salat.
K Le steak saignant, à point où bien cuit?
  Das Steak fast roh, halb gar oder durchgebraten?
G À point. Halb gar.
K Et quelle garniture? Und welche Beilage?
G Croquettes. Kroketten.
  Après le plat principal. Nach dem Hauptgericht.
K Vous désirez un dessert? Wünschen Sie ein Dessert?
T Si vous avez un gâteau pour diabétiques j'en prendrai
  une tranche et un espresso. Wenn Sie einen Diabetiker-
  kuchen haben, werde ich ein Stück davon nehmen und
  einen Espresso.
N Une glace panachée et un chocolat chaud. Ein gemisch-
  tes Eis und eine heiße Schokolade.
G Une tarte aux pommes, mais avec de la crème Chantilly
  et un café au lait. Ein Stück Apfelkuchen, aber mit
  Schlagsahne, und einen Milchkaffee.
  Après un très bon déjeuner. Nach einem sehr guten
  Mittagessen.
T L'addition, s'il vous plait. Die Rechnung bitte. Le déjeu-
  ner était excellent. Das Mittagessen war hervorragend.
  Faites nos compliments au cuisinier. Richten Sie dem
  Koch unsere Komplimente aus.
K Merci beaucoup. Vielen Dank.

Par suite de la satiété totale de toute la famille le dîner
n'avait plus lieu. Wegen völliger Übersättigung der
ganzen Familie fand das Abendessen nicht mehr statt.

Zehnter Tag

Verhältniswörter (Präpositionen)

Zeitpräpositionen

Bsp. Vor 4 Monaten habe ich die Idee des Buches gehabt,
das ich seit 2 Monaten schreibe, das ich in 2 Monaten
abschließen muss und das der Verleger in 4 Monaten
veröffentlicht.
Il y a 4 mois (1) j'ai eu l'idée du livre que j'écris
depuis 2 mois (2) que je dois achever **en** 2 mois (3)
et que l'éditeur publie **dans** 4 mois (4).

A 1 **il y a**: fester Zeitpunkt in der Vergangenheit
   2 **depuis**: unvollendete Handlung mit Beginn in
      Vergangenheit.
   3 **en**: notwendige Zeit zur Durchführung einer
      Handlung
   4 **dans**: Zeitpunkt in der Zukunft

Die Präposition à

Bsp. Er wohnt in Paris, hat viel Geld auf der Bank und
zwei Hotels in Dänemark und den Niederlanden.
Il habite **à** Paris (1) a beaucoup d'argent **à** la banque
(2) et deux hôtels **au** Danemark (3) et **aux** Pays-Bas
(4).

A **à** wird verwendet:
ohne Artikel: vor Städtenamen (1)
mit Artikel: vor Gebäuden (2), männlichen Ländernamen (3) und Ländernamen in der Mehrzahl (4).

R Im Französischen unterscheidet man nicht zwischen
wo? und wohin?
Wo wohnt er? Er wohnt **in** Paris. Il habite **à** Paris.
Wohin fährt er ? Er fährt **nach** Paris. Il va **à** Paris.

55

Die Präposition en

Bsp. Im April kann ich im TGV nach Frankreich fahren,
       da ich in Deutschland wohne.
       En avril (1) je peux aller **en** France (2) **en** TGV (3)
       parce que j'habite **en** Allemagne (4).
A   **en** wird verwendet:
    1 vor Monaten und Jahreszeiten (Ausnahme: au
       printemps / im Frühling).
    2 vor weiblichen Ländernamen.
    3 für die Angabe eines Verkehrsmittels.
    4 vor mit einem Vokal beginnenden Ländernamen.

Die Präpositionen **par** und **pour**

Bsp. Einmal pro Woche reise ich aus Liebe nach Paris ,
       um eine Freundin zu treffen.
       Une fois **par** semaine (1) je pars **pour** Paris (2) **par**
       amour (3) **pour** rencontrer une amie (4).
A   **par** drückt aus:
       die Häufigkeit (1), die Ursache (3)
       pour drückt aus:
       die Richtung (2), den Zweck (4)

Die Präpositionen **chez** und **de**

Bsp. Er kommt aus Brüssel zu mir, wo er über die
       Europäische Union gesprochen hat.
       Il vient **chez** moi (1) **de** Bruxelles (2) où il a parlé
       de l'union européenne (3).
A   **chez** nur in Verbindung mit Personen (1).
       de in Verbindung mit einem Ausgangspunkt (2)
       oder einem Thema (3).

Lernen Sie bitte noch die Wörter von <u>umsteigen</u> bis <u>Zug</u>

Le casino / Das Kasino

Le professeur Müller est un joueur passionné. Professor Müller ist ein leidenschaftlicher Spieler. Pour cela il appelle un taxi devant la gare de Naples et dit au chauffeur:
"Per favore Casino."
Deshalb ruft er vor dem Bahnhof von Neapel ein Taxi und sagt zum Fahrer: "Per favore Casino."
Après 5 minutes le chauffeur dit avec un clin d'oeil:
"Voici l'entrée du casino."
Nach 5 Minuten sagt der Fahrer mit einem Augenzwinkern:
"Hier ist der Eingang des Kasino."
À la réception une belle dame est assise qui salue le monsieur Müller avec un sourire gentil. An der Rezeption sitzt eine schöne Frau, die Herr Müller mit einem freundlichen Lächeln begrüßt.
"Excusez", dit monsieur Müller, "le douanier a dit que mon passeport est périmé."
"Entschuldigen Sie", sagt Herr Müller, "der Zollbeamte hat gesagt, dass mein Pass abgelaufen ist."
"Ici vous n'avez pas besoin du passeport. Nos clients attachent une grande importance à l'anonymat", dit la dame avec un clin d'oeil.
"Hier brauchen Sie keinen Pass. Unsere Klienten legen Wert auf Anonymität", sagt die Frau mit einem Augenzwinkern.
"Très gentil de votre part. En Allemagne on doit montrer le passeport chaque fois qu'on va à un casino."
"Sehr freundlich von Ihnen. In Deutschland muss man jedes Mal den Pass zeigen, wenn man in ein Kasino geht."
"Pour le moment toutes les pièces sont occupées. Mais vous pouvez boire un apéro dans le bar au frais du casino."
"Im Moment sind alle Räume besetzt; aber Sie können auf Kosten des Casinos einen Aperitif an der Bar trinken."
Le professeur Müller regarde avec une grande stupeur le

profond décolleté de la serveuse à la poitrine généreuse qui dit avec un sourire séduisant: "Que désirez-vous?"

Professor Müller betrachtet mit großem Staunen das tiefe Decolleté der vollbusigen Bardame, die mit einem verführerischen Lächeln sagt: "Was wünschen Sie?"

Puisqu'il fait très chaud, il rèpond:

"Un campari avec des glaçons."

Da es im Kasino sehr heiß ist, antwortet er:

"Einen Campari mit Eis."

Pendant que la serveuse prépare l'apéritif elle demande:

"D'où venez-vous?"

Während die Bardame den Aperitif vorbereitet, fragt sie:

"Woher kommen Sie ?"

"Je viens d'un petit village près de Baden-Baden en Allemagne."

"Ich komme aus einem kleinen Dorf bei Baden-Baden in Deutschland."

Le clin d'œil de la serveuse rappelle à monsieur Müller le clin d'œil du chauffeur et de la dame à la réception. Das Augenzwinkern der Bardame erinnert Herr Müller an das Augenzwinkern des Fahrers und der Empfangsdame.

"C'est la première fois que vous êtes au casino?"

"Sind Sie zum ersten Mal im Casino?"

"Non, à Baden-Baden je vais au casino deux fois par semaine, le plus souvent toute la nuit; si j'ai commencé une fois je ne peux plus m'arrêter."

"Nein, in Baden-Baden gehe ich zweimal wöchentlich ins Kasino, meistens die ganze Nacht; wenn ich einmal begonnen habe, kann ich nicht mehr aufhören."

"Ici vous pouvez rester aussi toute la nuit. Quand êtesvous allé la première fois au casino?"

"Auch hier können Sie die ganze Nacht bleiben. Wann sind Sie zum ersten Mal ins Kasino gegangen?"

"Il y a 30 ans. Vor 30 Jahren. Nous avons fait le voyage de noces à Monte-Carlo. Wir haben die Hochzeitsreise nach Monte-Carlo gemacht. Pendant que ma femme faisait des achats je suis allé au casino. Während meine Frau Einkäufe machte, bin ich in das Kasino gegangen. La somme minimum était très basse; à combien se monte la somme minimum ici? Der Mindesteinsatz war sehr niedrig; wie hoch ist hier der Mindesteinsatz?"

"200 Euro."

"Oh, comme c'est haut! Oh, wie hoch! À Baden-Baden la somme minimum est seulement 2 Euro. In Baden-Baden beträgt der Mindesteinsatz nur 2 Euro."

À l'improviste une porte s'ouvre. Plötzlich öffnet sich eine Tür. Un homme apparaît et derrière lui monsieur Müller voit une fille blonde vêtue seulement avec un slip rouge. Ein Mann erscheint, hinter dem Herr Müller eine blonde, nur mit einem roten Slip bekleidete Frau sieht. Maintenant il comprend, où il se trouve et la signification du clin d'oeil répété trois fois. Jetzt begreift er, wo er sich befindet und die Bedeutung des dreimaligen Augenzwinkerns. Puis il commence à rouspéter. Dann beginnt er zu schimpfen:

"Quel stupide chauffeur de taxi! Was für ein dummer Taxifahrer! J'ai dit 'per favore casino'! Ich habe gesagt 'per favore casino'!"

La serveuse se tord de rire et dit. Die Bardame lacht aus ganzem Herzen und sagt:

"Ne le reprochez pas au chauffeur. Machen Sie dem Fahrer keine Vorwürfe. Vous avez dit 'per favore casino'; cette parole signifie en italien une maison, où on s'amuse avec des belles filles. Sie haben gesagt 'per favore casino'; dieses Wort bedeutet im Italienischen ein Haus, wo man sich mit schönen Mädchen vergnügt. Une maison où on joue à la roulette s'appelle en italien 'casinò'. Ein Haus, in dem man Roulette spielt, heißt im Italienischen 'casinò'

"Un accent faux et ses conséquences", dit en riant monsieur Müller, professeur de la langue allemande.

"Eine falsche Betonung und ihre Folgen", sagt lachend Herr Müller, von Beruf Professor der deutschen Sprache.

Vokabular

Abend soir m
Abendessen dîner m
Abführmittel laxatif m
abheben (Geld) retirer
Abreise départ w
abreisen partir
Abteil compartiment m
Achtung! attention!
Adapter adaptateur m
Adresse adresse f
alkoholfrei sans alcool
allein seul (e)
Allergie allergie w
alles tout(e)
als (Vergleich) que
Alter âge m
Altstadt vieille ville f
anbieten offrir
andere(r) autre
Anfang début m
angeln pêcher
angenehm agréable
anhalten arrêter
ankommen arriver
Ankunft arrivée m
Anlegestelle embarcadère m
Anmeldung inscription f
annehmen accepter
annullieren annuler
anprobieren essayer
Anschluss correspondance f
Antiquität antiquité f
antworten répondre

anzeigen dénoncer
Anzug complet m
Aperitif apéritif m
Apfel pomme f
Apotheke pharmacie f
Aprikose abricot m
April avril m
arbeiten travailler
Architektur architecture f
Arm bras m
Arzt médecin m
Ärztin femme médecin
Aschenbecher cendrier m
atmen respirer
Attest attestation f
auch aussi
Aufenthalt séjour m
aufstehen se lever
Aufzug ascenseur m
Auge oeil m
August août m
Ausdruck expression f
ausfüllen remplir
Ausgang sortie f
ausgeben dépenser
ausgehen sortir
Auskunft renseignement m
Ausland étranger m
Aussicht vue f
aussprechen prononcer
aussteigen descendre
Ausstellung exposition f
Ausverkauf soldes m pl

ausverkauft épuisé(e)
Auto voiture f
Autobahn autoroute f
Autobus autocar m
Autoverleih location d'auto
B
Bäckerei boulangerie f
Bad salle f de bains
Bademantel peignoir m
Bademeister maître nageur
baden baigner
Bahnhof station f
bald bientôt
Balkon balcon m
Bank banque f
Batterie pile f
(Auto~) batterie f
Baum arbre m
Baumwolle coton m
Beanstandung réclamation m
bedauern regretter
bedeuten signifier
bedienen servir
Bedienung service m
beenden finir
befinden, sich se trouver
beginnen commencer
begleiten accompagner
behandeln (Arzt) soigner
Beilage garniture f
Bein jambe f
beissen mordre
Bekleidung habillement m
bekommen recevoir
benachrichtigen informer
benötigen avoir besoin de

benutzen utiliser
Benzin essence f
Berg montagne f
Bergführer guide m
Beruf profession f
berühren toucher
beschäftigen occuper
beschreiben décrire
Besen balai m
besichtigen visiter
Besichtigung visite f
besorgen procurer
bestätigen confirmer
bestellen commander
betrachten regarder
Betrag somme f
Bett lit m
Bettdecke couverture f
Bettlaken drap de lit m
bewachen garder
bewegen bouger
bezahlen payer
Bier bière f
Bild (Gemälde) tableau m
Bildhauer sculpteur m
Bildhauerei sculpture f
billig bon marché
bitte s'il vous plait
bitten demander
blau bleu(e)
bleiben rester
bleifrei sans plomb
Blick regard m
Blume fleur m
Bluse blouse f
chemisier m

Blut sang m
Bluten saigner
Boot bateau m
Botschaft ambassade f
Braten rôti m
Bratspieß brochette m
brauchen avoir besoin de
(Zeit ~) occuper
brechen rompre
Bremse frein m
Brief lettre f
Briefkasten boite f
aux lettres
Briefmarke timbre m
Brieftasche portefeuille m
Briefumschlag enveloppe f
Brille lunettes f pl
bringen (Dinge ~) apporter
Brot pain m
Brötchen petit pain m
Brücke pont m
Bruder frère m
Brunnen fontaine f
Buch livre m
Buchhandlung librairie f
buchstabieren épeler
bügeln repasser
Burg château m
Büro bureau m
Bushaltestelle
arrêt d'autobus
Butter beurre m
C
Camping camping m
Cousin(e) cousin(e)
Creme crème f

D
Dame dame f
Damenbinde serviette
hygiénique
danken remercier
Datum date f
dauern durer
dein(e) ton, ta
denken penser
deutsch allemand(e)
Deutschland l'Allemagne f
Dezember décembre m
Diafilm diapositive f
Diabetes diabète m
Diät régime m
Diebstahl vol m
Dienstag mardi m
Diesel gasoil m
dieser ce,cet,cette pl ces
direkt direct(e)
Diskothek discothèque f
Dolmetscher interprète m/f
Dom cathédrale f
Donnerstag jeudi m
Doppelzimmer chambre f
double
Dorf village m
dort là,
Dose boite f
Dosenöffner ouvre-boîte m
dringend urgent(e)
Drittel tiers m
drücken presser
dumm stupide
Durchfall diarrhée f
Durchgang passage m

dürfen pouvoir
Durst soif f
Dusche douche f
E
echt véritable
Ei œuf m
eigen propre
Eigentum propriété f
Eilbote (durch ~) par exprès
Eile hâte f
Eimer seau m
Einbahnstraße sens unique
einchecken enregistrer
Eingang entrée f
einige quelques
Einkaufszentrum centre m
commercial, hypermarché m
einladen inviter
einsteigen monter
Eintrittskarte billet d'entrée
Eintrittspreis prix d'entrée
Einwohner habitant m
einzahlen verser
Einzelzimmer chambre f
individuelle
Eis glace f
Eisbecher coupe glacée
Eisdiele glacier m
Eislaufen patinage m
elektrisch électrique
Eltern parents m pl
Empfang réception f
empfehlen recommander
Ende fin f
Endstation
terminus m

eng étroit(e)
Entfernung distance f
enthalten contenir
Entscheidung décision f
entschuldigen excuser
entwerten composter
Erdbeere fraise f
erklären expliquer
erlauben permettre
Ermäßigung réduction f
erreichen atteindre
essen manger
Essen (Mahlzeit) repas m
Essig vinaigre m
etwas quelque chose
F
Fähre bac m große: ferry-boat
fahren aller
Fahrkarte billet m
Fahrkartenschalter guichet m
des billets
Fahrplan horaire m
Fahrrad bicyclette f
Familie famille f
Farbe couleur f
Farbfilm
pellicule couleurs
Februar février m
fehlen manquer
Fehler (Irrtum) erreur f
Feiertag jour m férié
Fenster fenêtre f
Fensterladen volet m
Ferien vacances f pl
Fernglas
jumelles f pl

Fernsehen télévision f
fertig prêt(e)
Fett graisse f
Feuer feu m
Feuerzeug briquet m
Fieberthermometer
thermomètre m
Film (Foto) pellicule f
(Kino) film m
finden trouver
Finger doigt m
Fisch poisson m
Flasche bouteille f
Flaschenöffner
ouvre-bouteille m
Fleisch viande f
Flohmarkt
marché m aux puces
Flug vol m
Flughafen aéroport m
Flugzeug avion m
Fluss rivière f, fleuve m
Flüssigkeit liquide m
Flut flux m
folgen suivre
Form forme f
Foto photo f
Fotoapparat appareil
photo
Fotogeschäft
magasin de photographie
fotografieren photographier
Frage question f
fragen demander
Frau femme f
Freiheit liberté f

Freitag vendredi m
Fremdenführer guide m
Fremdenverkehrsamt
office m du tourisme
Fresko fresque f
Freund ami m
Freundin amie f
freundlich aimable
Friedhof cimetière m
Friseur coiffeur m
Fruchtsaft jus m de fruits
Frühling printemps m
Frühstück petit-déjeuner m
fühlen sentir
Führerschein
permis de conduire
Führung visite f guidée
Fundbüro
bureau des objets trouvés
funktionieren fonctionner
Fuß pied m
Fußgänger piéton m
G
Gabel fourchette f
ganz tout(e) entier(ère)
Garderobe vestiaire m
Garten
jardin m
Gasflasche bouteille de gaz
Gasthaus petit restaurant
Gatte époux m
geben donner
geboren né
gebraten rôti(e)
Gebühr taxe m
gebührenfrei gratuit(e)

Geburt naissance
Geburtsdatum
date f de naissance
Geburtstag anniversaire m
Gedeck couvert m
Geduld patience f
Gefahr danger m
gefährlich dangereux(se)
gefallen plaire
Gegend région f
gegenüber en face de
gehen aller
gekocht cuit(e)
Geld argent m
Geldbeutel porte-monnaie m
Geldschein billet de banque
Geldwechsel change m
gemischt mêlé(e)
Gemüse légume m
genug assez
Gepäck bagages m pl
Gepäckaufbewahrung
consigne
gern volontiers
Geschäft magasin m
Geschenk cadeau m
Geschichte histoire f
Geschwindigkeit vitesse f
Gesicht visage m
gestern hier
Gesundheit santé f
(Niesen) à vos souhaits
Gesundung guérison
Getränk boisson f
getrennt séparé(e)
Gewicht poids m

Gewinn gain m
gewinnen gagner
Gewürz épice f
Glas verre m
glauben croire
gleich même, égal
gleichgültig indifférent(e)
Gleis voie f
Gleitschirmfliegen
parapente m
Glockenturm clocher m
Glück chance f
glücklich heureux
Glückwunsch félicitations f pl
Glühbirne ampoule f
Gold or m
Golfplatz terrain de golf
Gottesdienst kath. messe
prot. culte
Gramm gramme m
Grenze frontière f
Grill gril m
Größe (Kleidung) taille f
grün vert(e)
Gruppe groupe m
Gruß salut m
grüßen saluer
gültig valable
Gummi caoutchouc m
Gürtel ceinture f
H
Haar cheveux m
haben avoir
Hafen port m
Hähnchen poulet m
Haken crochet m

halb demi(e)	Hose pantalon m
Halbpension	Hotel hôtel m
demi-pension	Hubschrauber
Hälfte moitié f	hélicoptère m
halten tenir	Hund chien m
Haltestelle arrêt f	Hunger faim f
Hand main f	Hut chapeau m
Handschuh gant m	**I**
Handtasche sac à main m	immer toujours
Handtuch	inbegriffen
serviette f de toilette	compris(e)
Handy téléphone portable	Infektion infection f
Haus maison f	informieren, informer
Haut peau f	innerhalb à l'intérieur de
heißen s'appeler	Insekt insecte m
Heizung chauffage m	Insektenstich piqûre f
helfen aider	d'insecte
Hemd chemise f	Insel île f
Herbst automne m	interessieren, sich s'intéresser
Herr monsieur m	Italien l'Italie f
herrlich magnifique	italienisch italien
Herz coeur m	**J**
heute aujourd'hui	Jacke veste f
Hilfe secours m, aide f	Jahreszeit saison f
Himmel ciel m	Jahrhundert siècle m
hin und zurück aller et	Januar janvier m
retour	jeder,jede,jedes chaque
hinlegen, sich s'allonger	jemand quelqu'un
hinsetzen, sich s'asseoir	jener celui-là
hinter derrière	jetzt maintenant
Hitze chaleur f	Jugendherberge auberge de
Hochsaison pleine saison f	jeunesse
holen aller chercher	Juli juillet m
Honig miel m	Junge garçon m
hören entendre	Juni juin m
(zuhören) écouter	Juwelen bijoux m pl

Juwelier bijoutier m
K
Kalbfleisch veau m
Kamm peigne m
kaputt casé(e)
Karte carte f
Kartenverkauf vente f
de billets
Kartoffel pomme de terre f
Käse fromage m
Kasse caisse f
Kauf achat m
Kaufhaus grand magasin
kaufen acheter
Keks biscuit m
Kellner garçon m
kennen connaître
Kerze bougie f
Kilometer
kilomètre m
Kind enfant m
Kinderarzt pédiatre m f
Kino cinéma m
Kleid robe f
Klimaanlage
climatisation f
Klingel sonnette f
klingeln sonner
klopfen (Tür) frapper
Kloster monastère m
Knie genou m
Knochen os m
Knopf bouton m
kochen (Speisen)cuire
(Flüssigkeit) bouillir
koffeinfrei décaféiné

Koffer valise f
kohlensäurehaltig gazeux
Kollege collègue m
kommen venir
Konditorei pâtisserie f
können pouvoir
Konto compte m
kontrollieren contrôler
Konzert concert m
Kopf tête f
Kopfkissen oreiller m
Korkenzieher tire-bouchon m
Körper corps m
kosten coûter
krank malade
Krankenhaus hôpital m
Krankenkasse assurance f
maladie
Krankenschwester infirmière f
Krankenwagen ambulance f
Krankheit maladie f
Kreditkarte carte f de crédit
Kreuzfahrt croisière f
Kreuzung croisement m
Küche cuisine f
Kuchen gâteau f
Küchenchef chef m
Kunst art f
Künstler(in) artiste m f
Kurs cours m
Kurtaxe taxe de séjour
L
lachen rire
Lachs saumon m
Lage situation f
Lamm agneau m

Lampe lampe f
Land pays m
Langlauf ski m de fond
lassen laisser
laut bruyant(e)
Lautsprecher haut-parleur m
leben vivre
Ledergeschäft maroquinerie f
ledig célibataire
leider malheureusement
leihen (verleihen) prêter
(ausleihen) emprunter
lesen lire
Leute gens m pl
Licht lumière f
Lichtschutzfaktor
indice de protection
lieben aimer
Lied chanson f
Liegestuhl chaise longue
Liegewagen couchettes f pl
Likör liqueur f
Limonade limonade f
Lippe lèvre m
Lippenstift rouge m à lèvres
Liste liste f
Liter litre m
Löffel cuillère m
Loipe piste de ski de fond
Luftmatratze matelas m
pneumatique
Lust (Neigung) envie
M
machen faire
Magen estomac m
Mahlzeit repas m

Mai mai m
Mal (zeitlich) fois
malen peindre
Maler peintre m
Malerei peinture f
man on
Mann homme m
Mannschaft (Sport) équipe f
Mantel manteau m
Markt marché m
Marmelade confiture f
März mars m
Material matériel m
Matratze matelas m
Mauer mur m
Maut péage m
Mechaniker mécanicien m
Medikament médicament m
Meer mer f
Meeresfrüchte fruits de mer
Mehl farine f
Menge quantité f
Messe (Handel) foire f
messen mesurer
Messer couteau m
Meter mètre m
Metzgerei boucherie f
Miete (Whg) loyer m
mieten louer
Milch lait m
mindestens au moins
Mineralwasser eau minérale
Minigolf golf miniature
Minigolfplatz terrain
de golf miniature
minus moins

Minute minute f
mitnehmen emporter
Mittag midi m
Mittagessen déjeuner m
Mitte milieu m
mittel moyen(ne)
Mitternacht minuit m
Mittwoch mercredi m
Mode mode f
möglich possible
Moment moment m
Monat mois f
Mond lundi m
Montag lundi m
morgen demain
Morgen matin m
Motor moteur m
Motorboot canot à moteur
Motorrad moto f
Mücke moustique m
müde fatigué(e)
Mülleimer
poubelle f
Mund bouche f
Münze pièce de monnaie
Museum musée m
Musik musique f
Muskel muscle m
müssen devoir
Mutter mère f
N
Nachmittag après-midi m
Nachricht message m
nachsehen
aller voir
nachsenden faire suivre

nächster prochain(e)
Nacht nuit f
Nachtisch dessert m
Nacken nuque f
Nagel (Finger~) ongle f
Nagelschere ciseaux m pl
à ongles
Name nom m
Nase nez m
Nationalität nationalité f
Nebel brouillard m
nehmen prendre
Neujahr nouvel an m
nicht ne … pas
nichts rien, ne …rien
nie jamais, ne … jamais
noch encore
Norden nord m
Notausgang sortie f
de secours
Notfall urgence f
nötig nécessaire
November novembre m
Nummer numéro m
nur seulement
Nuss noix f
O
Obst fruits m pl
Obstsalat salade de fruits
oft souvent
öffnen ouvrir
Öffnungszeiten heures
d'ouverture
Ohr oreille f
Oktober
octobre m

Öl huile f
Omelett omelette f
Onkel oncle m
Oper opéra m
Operation opération f
Optiker opticien m
Orange orange f
Ort lieu m
Osten est m
Ostern Pâques f pl
P
Paar paire f
Papier papier m
Parfüm parfum m
Park parc m
parken garer
Parkplatz parking m
Parkhaus parking couvert
Parkuhr parcmètre m
Party fête f
Pass passeport m
Patient(in) patient(e)
Pension pension f
Person personne f
Personalausweis
carte f d'identité
Pfeffer poivre m
Pferd cheval m
Pfirsich pêche f
Pflanze plante f
Pflaster sparadrap
Pfund demi kilo m
Pille pillule f
Pilz champignon m
Pistazie pistache f
Piste piste f

Plan plan m
Platten pneu à plat
Platz place f
Politik
politique f
Polizei police f
Portier concierge m
Portion portion f
Postamt poste f
Postkarte carte postale
prächtig splendide
Preis prix m
privat privé(e)
Programm programme m
Prospekt prospectus m
Prost à votre santé
Prozent pour cent
pünktlich à l'heure
Q
Quittung reçu m
R
Rabatt rabais m
Radtour tour en vélo
Rasierapparat rasoir m
électrique
Rathaus hôtel de ville
rauchen fumer
Raucher fumeur m
Rechnung addition m
Regen pluie f
R-mantel imperméable m
Regenschirm parapluie m
regnen pleuvoir
Reifen Kfz pneu m
Reifenpanne crevaison
Reihe (Sitz~) rang m

rein pur(e)
reinigen nettoyer
Reis riz m
Reise voyage m
Reiseführer guide m
reisen voyager
Reklamation réclamation m
Religion religion f
Reparatur réparation f
reparieren réparer
reservieren réserver
Reservierung réservation f
Restaurant restaurant m
Rettungsboot - ring
canot m de sauvetage
bouée de sauvetage
Rezept (Arzt) ordonnance f
Richtung direction f
Rindfleisch boeuf m
Rock jupe f
Rodelbahn piste f
de luge
roh (ungekocht) cru
Rolltreppe escalier roulant
Roman roman m
röntgen faire une
radio
rot rouge
Rücken dos m
Rückkehr retour m
Rucksack sac à dos m
Ruderboot canot m
rufen (herbei~) appeler
ruhig tranquille
rund rond(e)
Rundblick vue f panoramique

Rundfahrt circuit m
S
Safe coffre-fort m
Saft jus m
sagen dire
Sahne crème f
Saison saison f
Salat salade f
Salz sel m
Samstag samedi m
Sand sable m
sauber propre
Schachtel boite f
Schaden dommage m
Schal écharpe f
scharf piquant(e)
Schatten ombre f
Schaufenster vitrine f
Scheibe(z.B.Wurst) tranche f
Schere ciseaux m pl
schicken envoyer
Schiff bateau m
Schinken jambon m
schlafen dormir
Schlafwagen wagon-lit m
schließen fermer
Schloss château m
Schlüssel clé f
Schlussverkauf soldes m pl
schmecken sentir le goût de
Schmerz douleur f
schmutzig sale
Schnee neige f
schneiden couper
Schnellzug rapide m
train m express

Schnitzel escalope f
Schokolade chocolat m
schon déjà
schreiben écrire
Schuh chaussure f
schulden devoir
Schweinefleisch porc m
Schwester soeur f
Schwierigkeit difficulté f
Schwimmbad piscine f
schwimmen nager
See lac m
Segelboot bateau à voiles
segeln faire de la voile
sehen voir
Seife savon m
Seilbahn funiculaire m
sein être
Semmel petit pain m
Sessellift télésiège m
September septembre m
servieren servir
Serviette serviette f
setzen, sich s'asseoir
sicher sûr(e)
Skikurs cours de ski
Ski fahren faire du ski
Skilift téléski m
Skulptur sculpture f
Socke chaussette f
sofort tout de suite
Sohn fils m
Sommer été m
Sonne soleil m
Sonnencreme crème f solaire
Sonnenöl huile f solaire

Sonnenschirm parasol m
Sonntag dimanche
Soße sauce f
Speisekarte carte f
(~wagen wagon-restaurant)
Spiegel miroir m
Spiel jeu m
Spielbank casino m
spielen jouer
sprechen parler
Stadt ville f
Stadtplan plan m de ville
statt au lieu de
Steak steak m
Steckdose prise
stehen être debout
stehlen voler
stellen mettre
Stil style m
Stockwerk étage m
Stoff étoffe f
stören déranger
Strand plage f
Straße rue f
Straßenbahn tram m
Streichholz allumette f
Stromspannung voltage m
Strömung courant m
Strumpf bas m
Stück morceau m
Stuhl chaise f
Stunde heure f
suchen chercher
Süden sud m
Supermarkt
supermarché m

Suppe soupe f

T

Tabakladen tabac m

Tag jour m

Tankstelle station-service f

tanzen danser

Tarif tarif m

Tasche (Hose) poche f

Taschentuch mouchoir m

Tasse tasse f

tauchen plonger

Tee thé m

Teelöffel petite cuillère f

Teigwarenpâtes alimentaires

Teil partie f

Telefon téléphone m

Telefonbuch annuaire m

Telefonkarte télécarte f

~ Zelle cabine téléphonique

telefonieren téléphoner

Teller assiette f

Termin (Zeit) rendez-vous m

Terrasse terrasse f

Theater théatre m

tief profond(e)

Tier animal m

Tisch table f

Tischtennis ping-pong m

Tochter fille f

Toilette (WC) toilettes f Pl

T-papier papier hygiénique

Tomate tomate f

tragen porter

Tragetüte sac m

Transport transport m

Traube (Wein~) raisin m

treffen (begegnen) rencontrer

Treppe escalier m

Tretboot pédalo m

trinken boire

Trinkwasser eau f potable

Tropfen goutte f

Tür porte f

Turm tour f

U

U-bahn métro m

überqueren traverser

Überraschung surprise f

Übersetzung traduction f

Uhr montre f

Uhrzeit heure f

Umleitung déviation f

umsteigen changer (de bus)

umtauschen échanger

Unfall accident m

ungefähr environ

unterschreiben signer

Unterschrift signature f

Urlaub vacances f Pl

V

Vanille vanille f

Vater père m

Ventilator ventilateur m

veranlassen causer

verbieten interdire

vergessen oublier

verheitatet marié(e)

Verkauf vente f

verkaufen vendre

Verleih location f

verlieren perdre

vermeiden éviter

vermieten (Whg) louer
verschieden différent(e)
Versicherung assurance f
Verspätung retard m
verstehen comprendre
Vertrag contrat m
Verzeichnis liste f
vielleicht peut-être
Viertel quart m
voll plein(e)
Vorspeise hors d'œuvre m
vorstellen présenter
Vorwahl (Tel) indicatif m
vorziehen préférer
W
warten attendre
Waschbecken lavabo m
waschen laver
Wasser eau f
Wasserhahn robinet m
wechseln (Geld) changer
wecken réveiller
Wein vin m
Rotwein vin rouge
Weißwein vin blanc
weniger moins
Werkstatt (Auto~) garage m
Werktag jour ouvrable m
Wetter temps m
wichtig important(e)
wiederholen répéter
wiedersehen revoir
Wind vent m
Winter hiver m
wissen savoir
wo où

Woche semaine f
wohnen habiter
Wohnung appartement m
Wohnwagen caravane f
Wolke nuage m
wollen vouloir
Wort mot m
wünschen désirer
Wurst saucisse f
Z
Zahl nombre m
zahlen payer
Zahn dent f
Zahnarzt dentiste m
Zahnpasta dentifrice m
zeigen montrer
Zeit temps m
Zeitschrift revue f
Zeitung journal m
Z-kiosk kiosque à journaux
Zelt tente f
zelten camper
Zentrum centre m
zerbrechen casser
ziehen tirer
Zigarette cigarette f
Zigarre cigare m
Zimmer chambre f
Z-kellnerin serveuse d'étage
Zitrone citron m
Zucker sucre m
Zug train m
zurückkehren retourner
zu viel trop
zwischen entre
Zwischenfall incident m

Vom gleichen Autor

Costanza, Wolfgang   Italienisch in 10 Tagen -
Sprachkurs mit einer
neuen Lernmethode
Verlag: Books on
Demand
Norderstedt
2010
ISBN:
978-3-8391-4660-6

Costanza, Jean   Nouveau cours de langue
Apprendre l'italien en 10
jours sans peine
Èditeur:
Books on Demand
12,14 rund point des
Champs Elysées
PARIS, France
2011
ISBN:
978-3-8423-5025-0

Zweisprachige Bücher deutsch - französisch

Reichhold, Christiane
Wiegand, Frieda

Premier livre
Erste französische
Lesestücke
Deutscher Taschenbuch
Verlag
2006

Kuhn, Irène
Wiegand, Frieda

Tour de France
Frankreich in kleinen
Geschichten
Deutscher Taschenbuch
Verlag
1992

Schumann Johannes

book2 Deutsch -
Französisch für
Anfänger: Ein Buch
In zwei Sprachen
Goethe Verlag
2008

Beckerath, Christiane
Mehl, Susanne

C'est vraiment facile
Einfach Französisch
lesen
Deutscher Taschenbuch
Verlag
2009